読んでばっか

EKUNI KAORI
江國香織

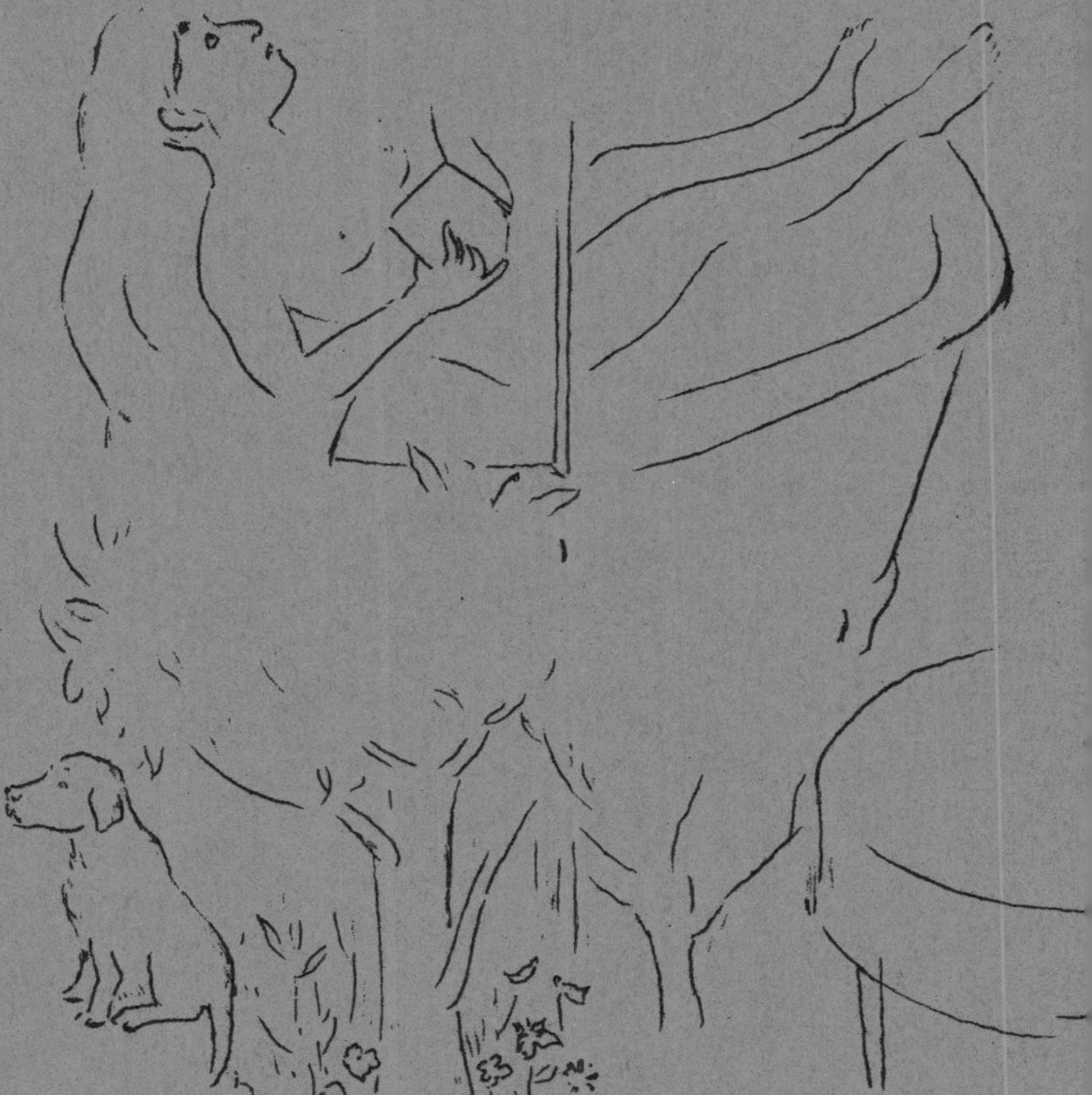

筑摩書房

［アンケート］ どうやって本を読んでいますか

1 本はどうやって選びますか。

本屋さんで見て選びます。本の佇《たたず》まいとタイトル、紙の手ざわりで、読むべき本かどうかが大抵わかります。実物を見ないとわからないので、本屋さんがなくなったら、私は本を買えなくなると思う。

2 読書はいつ・どこで、あるいはどんな状態のときにすることが多いですか。読むものによってそれらを変えることがあったら、それもお聞かせください。

毎朝二時間入るお風呂のなかでは必ず読みます。その他にも電車のなか、歯医者さんの待合室、待合せをした相手を待っているあいだなど、家の外に一人でいる時間には必ず本を読んでいます。

3 電子書籍は利用していますか。利用している場合は、どのように使っていますか。

していません。

4

本は一冊ずつ読みますか、それとも同時に並行して読みますか。同時並行なら何冊ぐらいまでできますか。また、書き込み、ページ折り曲げ、付箋使用、読書ノートや読書日記の作成など、ご自身の「読み」をどのように記録していますか。他にも、ふだん実践なさっている「本の読み方」がありましたら、お聞かせください。

基本的には一冊ずつ読みます。仕事上の必要があって複数冊同時に読むこともたまにはあるのですが、落着かないのでできるだけ避けています。気に入った文章のある頁の隅を折るのが昔からの習慣ではありますが、滅多に読み返さないので、ほとんど忘れてしまいます（だめですね）。

5

紙の本はどのように収蔵していますか。置き場所、配列などはどうしていますか。

どうすればいいか教えてほしい。家じゅう本だらけです。でも、わたしはそれが嫌ではありません。

6

ご自身にとって読書をするのに理想的な環境を教えてください。

自宅のお風呂場がベストですが、本はどこでも読めます。図書館のように環境の整った場所よりもむしろ、駅や空港、街なかといった雑然とした場所の方が読みやすいです。

7

もっとも読み返した本は何ですか。

ヒメネスの『プラテーロとわたし』だと思います。

――「すばる」（2019・1）

読んでばっか＊目次

Ⅱ　本を読む日々

Ⅲ さらに本を読む日々

読んでばっか

Ⅱ章で取り上げた本の〈出版社名〉は、文庫化されている場合は、基本的に文庫を表記しました（但し、親本と文庫の出版社が異なる場合は二社を併記しました）。発行と発売元が異なる場合も両社を併記（例・ホーム社＝集英社）しました。なお、残念ながら現在では入手困難な本も含まれています。古書、あるいは図書館でお探しください。

I

なつかしい読書

壁のなか

きのう、『ロサリンドの庭』（エルサ・ベスコフ作、菱木晃子訳、植垣歩子絵／あすなろ書房）という本を読んだ。表紙カバーにあかるい花柄が散ったきれいな本で、こんなふうに始まる。

「ある町に、ラーシュ・エリックという男の子がいました。

ラーシュ・エリックは六歳、おかあさんとふたりきりで、中庭をみおろす屋根裏部屋に住んでいました。そこはとくにひろくもなく、うつくしくもない部屋でしたが、たまに日の光がさしこむと、そのときは、部屋の壁紙がとてもきれいにみえました。ええ、まえに住んでいた部屋の壁紙よりも、ずっとずっときれいでした。」

私はこの出だしにひきこまれた。もうすこし読むとわかるのだが、「壁紙には、みたこともないような、めずらしい花がたくさん、えがかれて」いて、「花と花のあいだには、のどのところが緑色の、青い小鳥がとまって」おり、つまり表紙カバーの花柄は、実物の花ではなく壁紙を描いた図柄なのだ。そして、主人公の男の子、ラーシュ・エリックは病気がちで、ベッドに寝ながらこの壁紙を眺めるのが好きだったと語られる。ある日、「とつぜん、壁のなかからコンコンコンとノックする音がきこえ」る。「だれ？　だれかいるの？」とラーシュ・エリックが尋ねると、「あたしよ」と女の子の声がこたえる。「あたしって、だれなの？」「ロサリンドよ」

こうして壁のなかから現れた少女とラーシュ・エリックの友情が始まるのだが、物語の滑りだしとして、これがこわいほど自然なのだ。そりゃあこんな壁紙ならば、そこにはべつな世界があるだろうし、当然誰かが住んでいるだろう、と思う。あまつさえ、かつて似たようなことがあった、という気すらする。もちろん、ほんとうにあったら恐ろしいだろう。壁のなかからコンコンコン、というのはかなりホラーだ。人一倍こわがりの私は声もだせずに、布団にもぐって聞かなかったふりをするかもしれない。でも言葉の世界でなら違う。ちっともこわくはないし、私はおそらくラーシュ・エリックとおなじようにごく自然に、「だれ？」と相手に訊くだろう。

この物語はおもしろく（未読のかたの愉しみを奪いたくないので、二人の友情の行方については書かずにおく）、私はたっぷり満足して読み終えたのだが、それはそれとして、壁のなか、という言葉について、考えてしまった。壁の向うでも壁の表面でもなく、壁のなか——。言葉がある以上実体もあるはずだ、と私は考える者で（天国とか地獄とか、竜とか天使とかは、未確認もしくは架空のものにつけた名称なので例外とする）、その信念は強固なのだが、でも、壁のなか——。

井口真吾さんの名作絵本に『Zちゃん』（ビリケン出版）というのがあって、それはこんなふうに始まる。

「Zちゃんのへやのかべには、ねずみのあながひとつあいていました、そのあなからは、Zちゃんのともだちの青ねずみちゃんがあそびにきます。」

これは壁にあいた穴だから、壁のなかより想像がしやすい。が、この穴のなかには鉛筆があり（「たしかにえんぴつならありそう」だとZちゃんは思うのだが）、コップもあり、牛もいてクジラもいると語られる。のみならず、山もあり川もあり、「なんでもある」のだと。そして、読めばわかるのだが、事実、なんでもあるのだ。絵本だからではない。穴のなかは見事な暗闇で表現されており、だから読者は言葉のみの力によって、そこに「なんでも」を見るのだ。

私はうっとりしてしまう。言葉で具体的に指し示せるのに実際に行かれない場所というのは、言葉のフリーゾーンだ。無敵。自由自在。なんでもできる。壁のなかにせよ穴のなかにせよ、自分の部屋のすぐ隣、地続きの場所に、べつな世界があると考えるとたのしい。

というわけできのう、『ロサリンドの庭』を読んだ私は、ただ白くてそっけない（ついでに言えばねずみの穴もあいていない）自室の壁を物足りなく思ったのだが、白地にピンクの花柄の壁が、記憶のなかからぼんやり浮かびあがってきて驚いた。遠い昔、そういう壁紙の張られた部屋に、妹と二人で寝起きしていたころがあったのだ。

壁紙を選んだのは私だった。家の一部を改築することになり、小学生だった私が子供部屋のそれを選んでいいことになった。はりきって選んだのだが、たぶん私は趣味が悪かったのだろう、それは小花模様と呼ぶには大きく、大輪の花と呼ぶには小さい中途半端な花柄で、結果として、私たちの部屋の壁は子供部屋の壁というより喫茶店のそれみたいになった。実際、当時住んでいた街の駅前にあった、「アンドリー」という喫茶店にそっくりだと、自分でも思ったことを憶えている。
アンドリさん、と、私たち家族はその店を呼んでいた。喫茶店だが、入ってすぐのところにケーキのならんだショウケースがあって、シュークリームやエクレアやその他もろもろの甘いお菓子を買って帰ることもできた。複数のウェイトレスさんの他に、黒い蝶ネクタイをしたおじさんが一人働いていた。ソフトクリームがぐるぐる絞りだされてくる大きな銀色の機械があって、私は、大人になったらあの機械を一台買いたいものだと思っていた（その野望は果せていないが、趣味でソフトクリーム屋を経営する姉弟というのを小説に書いて、その機械を所有する喜びは疑似体験した）。

子供は大人よりも全身で街を歩くから、私はアンドリさんのあったあの街をよく憶えている。いつもすあまが売れ残っている和菓子屋や、プラスティックのバケツの底にどじょうが生きてうねうねしていた魚屋（そのどじょうが売れるところは一度も見たことがなく、私は、売りものではなくペットなのかもしれないと思っていた）、学校指定の上履きとか体育館履きとかを売っている靴屋の隣はお茶屋で、店の前に据えた巨大な機械で茶葉を炒っているので周囲に香ばしい匂いが漂い、その匂いはなぜか夕方にいちばん濃く強くなった。お茶屋の向いに洋品店があり、母の日とか母親の誕生日になると、そのへんに住む子供たちはみんなその店にでかけてハンカチだのエプロンだのを買う（のだが、一度、私が母にエプロンを買ったとき、「ママは家事をしてろってこと？」と言って母は嫌がった）。洋品店のならびには書店があって、私はそこで、いまも大切にしている何冊もの本に出会った（ほんとうにあそこは素晴しい書店だった、品揃えがよく、髪の短いてきぱきしたおばさんがいて、店をいつも清潔に保っていた。立ち読みしても叱られなかった)。駅前には遊具のある公園があり、大きな木が植わっていた。遮断機のある大きな踏切と、遮断機のない小さな踏切があり、小さな方の踏切のそばには沢田研二が来るという噂の美容室と、手芸用品店と、耳鼻咽喉科医院があって、医院の玄関先には濃いピンク色の花を咲かせるおしろい花の茂みがあった。

四、五十年前のことだから、もうどの店もないだろう。もしかすると踏切も、公園もないのかもしれない。壁のなかについて考えていたら、そんな街を思いだした。

——「一冊の本」(2021・4)

街との親和性、そして方向音痴のこと

子供のころに住んでいた街のことをよく憶えている。通学路や公園、商店街は言うにおよばず、子供には縁のない場所――運輸会社、産婦人科医院、質屋、雀荘《ジャンそう》、着付教室、琴曲《きんきょく》教室、煙草屋、月極駐車場、など――がどこにあるか知っていたし、(「明るい家族計画」と銘打たれた自動販売機が二か所にあることも知っていた。一体何を売っているのかは見当もつかなかったけれども)、どの家の庭にどんな花が咲いているかや、ある家のレンガブロックが一つ緩んでいて、隙間に小さな物を隠せることも知っていた。なぜか表札を読むのが好きだったので、知らない人たちが住む知らない家の、苗字だけはたくさん知っていた。電話ボックスがどことどこにあるのかも、石を拾いたいときに行くべき場所も、野良猫に遭遇しやすい一角も。水が流れている側溝と流れていない側溝、雨の日にカタツムリがたくさんはりついている塀、洋風の家、和風の家、ほんとうに人が住んでいるのかと訝《いぶか》るくらいぼろぼろの家もあった。

道のいろいろ――坂道か平坦な道か、土の道か砂利道かアスファルトの道か、日陰のできる道か否か――も、視覚だけでなく体全体の感覚として憶えている。調理油の匂いのする路地や、いつも（ほんとうにいつも）テレビの音が聞こえる路地、夕方に通るとお風呂の匂いのする路地もあった。板塀を突き破って道にはみだしている大きな合歓《ねむ》の木があって、夏の夕方にぽやぽやとけむるような薄ピンク色の花を咲かせていたことも、耳鼻咽喉科医院の玄関先に、おしろい花の豊かな茂みがあったことも憶えている。

それなのに、なのだ。いま住んでいる街のこととなると、私は自分がほとんど何も知らないことに驚かざるを得ない。いまの街に住んで、もう三十年になるのに。

もちろん、日常的に行く場所についてはわかる。最寄りと言うには若干遠い三つの駅や、行き先の違う二つのバス停、スーパーマーケットや郵便局、病院、銀行、書店、コンビニエンスストアやドラッグストア、ときどき打合せにつかう喫茶店――。でも、それだけだ。たとえば花の咲く家は近所にたくさんあり、通りかかれば目を奪われて、「もうそんな季節か」と思ったり、「これは何という名前の植物だろうか」と思ったりするけれど、どの家にどんな花が咲くのかは記憶していない。たとえばどこかがさら地になったり、どこかに新しい店ができたりすれば気づくけれど、それ以前のその場所に何があったのかは思いだせない。まるで自分に必要なもの以外は目に入らないかのようなので、我ながら心配になる。

たぶん大人よりも子供の方が、街との親和性が高いのだろう。観察力や好奇心の差もあるに違いないが、これといった目的なく戸外で過ごす時間（いまの子供たちにそれがあるかどうかはわからないけれども、私が子供だったころ、子供たちはよく外で遊んだ）の有無や、身体の大きさの差（子供の方が地面に近い）、記憶や経験の総量のなかで、ある街のそれが占める割合の差、といったあれこれによって、子供の方が断然ビビッドに、全身で街を感受しているのだろうと思われる。

三つの街を舞台に三つの小説を書こうと決めた時（註）、一作目の主人公は、だから子供以外にないと思った。小さな身体と子供ならではの思慮深さを発揮して、自分の住む街の隅々を見せてくれるだろうと期待した（実際、彼女はその通りの働きをしてくれた上、耳のよさによって、小説に奥行きをつくってくれた）。

では二作目は？　と考えたとき、すぐに旅人が浮かんだ。旅人なら街を見るし、街を歩き、街を味わう。ある場所に暮らす人と、その場所を訪れるだけの人との違いも体現してくれるはずで、この二作目は、一つの場所が幾つもの顔を持つ話になればいいなと思った（そして、旅人以外にもう一種類、街との親和性の高い生き物がいると気づいたとき、霧が晴れるように視界がひらけた）。

では三作目は？　これはもう徘徊する老人しかないだろうと思った。好むと好まざるとにかかわらず、仕事からも家族からも解放されてしまった老人には日々の時間があり、子供や旅人と同様に街との親和性が高い。健脚な老人なら、きっとたくさん歩いてくれるだろう（実際、彼女はよく歩いてくれた）。でも、書き進むにつれて、散歩と徘徊はどう違うのかという疑問が湧いた。道すじを把握できているのが散歩で、できないまま歩くのが徘徊だろうか。だとすると、迷子と徘徊はどう違うのか。まさかとは思うが、子供だと迷子で老人だと徘徊？　じゃあ子供と老人の中間の場合は？

というのも、私自身が極度の（なぜ極度と書いたかといえば周囲の人々にたびたびそう指摘されているからで、自分ではそれほどでもないと思っているのだが、自分ではそれほどでもないと思っているというその事態こそが、極度を証《あかし》しているのだろう）方向音痴で、自宅の近くでも旅先でもその中間でも、道に迷うことなど日常茶飯事だからだ。ほんとうに、しょっちゅう迷子になっている。戸外でだけではない。たとえばそこそこ広いレストランに行くと、トイレに立ったが最後、元いたテーブルがどこだかわからなくなる。誰かといっしょに食事をしていれば、その人たちの姿を頼りになんとか（たいてい反対側の、べつなテーブルのまわりをうろうろしたあとで）たどりつけるが、一人で食事をしていた場合や、個室（のうちの一つ）で会食していた場合は万事休すだ。店の人に、「私のテーブルはどこだったかしら」とか、「何々さん（予約名）のお部屋はどっちでしたっけ？」とか尋ねると、決ってぎょっとされる。まあ、この場合の私は「散歩」でも「迷子」でも「徘徊」でもなく「酔っ払い」に分類されるのかもしれないが、一滴ものんでいなくてもおなじことだと断言できる。

もう随分前だが自分の方向音痴を認めたくなくて、目的地があるのにたどりつけなければ道に迷ったことになるけれど、目的地がなければ道に迷いようがないだろう、と考えたことがある。それで、旅先では目的地を決めずに散策にでるようにしていたのだが、これをやると、行きはいいけれど帰りに困ることがほどなく判明した。出鱈目《でたらめ》に歩いているうちにたまたま自分の泊っているホテルにでくわす、という幸運に恵まれない限り永遠に帰れないからだ。これはたぶん、行きが「散歩」で帰りが「迷子」に分類されるのだろうが、どこまでが行きでどこからが帰りなのか、自分でもさっぱりわからなかった。これは立派な「徘徊」と言えよう。

「徘徊」を手元の辞書（角川国語辞典）で引くと、「名・自サ変　さまよい歩くこと」とある。「さまよう」を引くと「自五　ただよう。さすらう」意の他に、「ためらう。迷う」の意もあると書かれている。

いずれにしても、さまよい歩くことや道に迷うことにはある種の醍醐《だいご》味《み》がある。時間の流れの外側にでてしまった気がするし、突然目の前に知らない景色が広がったり、逆に突然馴染みのある光景に出くわしたりする。そして、その日常からの小さな逸脱と、新鮮さの発見（もしくは再発見）は、小説を読んだり書いたりする行為にすこし似ている。先がわからないまま読み（書き）進め、なんと、こんなことになるのか、とわかったときの意外さや、どこに連れて行かれようが行くしかないというややうしろ暗く野蛮な喜び。

意図して行ったわけじゃなく、道がわからなかったからたどりついてしまった場所。

小説にも人生にも、意図や計算では行かれない場所があると私は思う。

――「一冊の本」（2024・2）

（註）『川のある街』（朝日新聞出版　2024・2）

のむよむ

のむよむ。その言葉だけでうっとりしてしまう。「のむ」と「よむ」は私にとって、どこにでもついてきて安心と充足を与えてくれる二匹の忠犬みたいなものだ。

お酒をのみながら読むのにふさわしい本は何かと訊かれれば、まずトーベ・ヤンソンが思い浮かぶ。彼女の書くものに横溢《おういつ》する自由さはいつ読んでも心強くて気持ちがいいが、たとえば、「アンリ、つきあいがどういうものか知ってるわよね。ある人がだれかを招待するのは、そのだれかが残念ながらと断って、それでみんなめでたしめでたしとなるためなのよ」というセリフ（『軽い手荷物の旅』に収録された、「体育教師の死」という短編にでてきます）などは、夜中にのみ残しの赤ワインを一人でちびちびのみながら、やや意地悪な気持ちで家のなかの静かさを愉しむときにぴったりだし、「わたしはオレンジを無条件に信じてるの」という言葉（おなじ短編集のなかの、「エデンの園」にでてきます）も、酔った頭に燦然《さんぜん》と輝き、そりゃあそうだよなあ、オレンジは美しいいし、おいしいいし、いい匂いだし、完璧にまるく閉じていて、あかるくて、物静かで、人を裏切らない。オレンジのある人生ならこわいものなしだ、と無暗に勇敢な気持ちになる。

二冊目は『マクソーリーの素敵な酒場』。雑誌「ニューヨーカー」のコラムニストだったジョゼフ・ミッチェルが、一九四〇年代のニューヨークに生きる人々を活写した本で、時代の空気がそのまま閉じ込められている。書名のマクソーリーズだけでなく、アイリッシュ酒場シャノンズとか、ディックス・バー&グリルとか、たくさんの酒場やレストランがでてくる。登場人物の多くが酔っ払っているか、ちょっと前まで酔っ払っていたか、これから酔っ払おうとしているかなので、読んでいると連帯感が湧く。無論それは著者の描写の巧みさによるのだが、「寝るのは地下鉄駅のベンチ、友人のスタジオの床、バワリーの一泊二十五セントの安宿」で、「空気、自尊心、煙草の吸い殻、カウボーイ式のコーヒー、目玉焼きをはさんだサンドウィッチ、それとケチャップ」があれば生きていけると語る小男のジョーや、以前はウイスキーを愛飲していたが、「一九三九年に盲腸の手術をしてからはセロリ・トニックとビールで抑えるようになった」メイジー、サーカスの見世物芸人で、ベテランの道化師と結婚したが、「アパートメントに落ち着くまでは、あの人のことを本当に知ってるって気がしなかった。寝台車に乗ってると結婚した気にならないんだよ。亭主のことを知るには、料理と洗濯をしてあげなきゃ」と語るジェーン・バーネルや、「たいへんうれしいお誘いだが、私はふだん二杯以上は飲まないし、もうそれだけいただいた。ビールには悪いところがない、神経にいい。もう一杯飲《や》ってもいいんだが、家に帰ってラジオの番組が聴きたいんでね」と言いつつ帰らないコルボーン氏の方が、いま現実にいる人々よりも自分にとって親しくなつかしい存在であるような気が、読んでいるあいだじゅうする。たくさんの人、たくさんの人生、料理の匂いや話し声や笑い声、にぎやかなのだ。にぎやかだけれど、本のなかのにぎやかさは本の外にはみだしてはこない。だからときどき本から顔をあげれば、そこには自分と自分ののんでいるお酒だけがあり、淋しくなってあわてて本のなかに戻る、というのがまたうれしい。

三冊目は『倫敦巴里』。和田誠さんの才能が爆発している一冊で、これはできれば晴れた真昼に、ビールをのみながら読みたい。冒頭に置かれた「殺しの手帖」（文字もデザインも写真の質感も言葉の選び方もそっくりな、雑誌『暮しの手帖』のパロディ）をはじめ、ブラックなユーモア満載なので、夜にお酒をのみながら読むと闇にのみこまれてしまいそうだからだ。ロートレック風に描いたポール・マッカートニーの肖像画とか、ビュッフェ風の鉄人28号、顔がジャン＝ポール・ベルモンドののらくろとか、顔がバーブラ・ストライサンドのサザエさんといった絵画あり、さまざまな作家の文体を模して再構築した『雪国』（どれもしびれるおもしろさ）あり、黒澤明、クロード・ルルーシュ、サム・ペキンパーといった名だたる映画監督たちが、もしイソップ童話の「兎と亀」を映画化したらどうなるのか、という妄想上のシナリオありの豊かな本で、昼ビールもこの本も、大人になったからこそ味わえるのだと、ほくほくにんまりしてしまう。

――「dancyu」（2021・6）

あかるい言葉

他人の日記を読むのは気の咎《とが》めることで、書いた人が死んでいてもそれは変らないのだが、『放浪記』に関しては、勿論その限りではない。実際の日記を元に、作者が自ら編集して発表した（それもくり返し、すこしずつ形を変えて）ものだからで、この本は、読まれるために在る。けれど一方で、日記の形を借りた創作文学というものとは何かがはっきり違っていて、それはおそらく単純に、これがもともと読まれない前提で書かれた、ナマの日記だったからだろう。読まれない前提で書かれ、読まれるために編まれた書物。『放浪記』のビビッドさ、古びなさ、の鍵はそこにあるのだと思う。だってもともと鮮度抜群、とれたての身辺雑記と、誰はばかることのない心情の吐露だったのだ。それがきちんと加工されたということは、その日々が真空パックになったようなものだ。

それにしても、子供っぽい心根のまま、よくぞ生き抜いた女だ、芙美子は。この有名な小説の主人公について、改めてこんなことを言うのもどうかとは思うが、実に実に「女」である。「女《おんな》気《ぎ》溢れる」女である。

たくましいと同時にもろく、素直であるのに強情でもあり、情感豊かですぐに涙をこぼすくせに、冷淡にもなる（その冷淡さが本質ではないことを、でも男にはすぐ見抜かれてしまう）。それでも基本的には強気で、私みたいにかわいい女を、男たちはみんななぜもっと大事にしないんだろう、というようなことを、臆面《おくめん》もなく嘆いてみせる（そこに潜む臆面を、男たちはすぐに見すかす）。

彼女はたくさんのことを願う。とんかつがたべたいなあと願い、お金持ちになりたいなあと願う。母親と養父に楽をさせたいと願い、うんと勉強して、いい詩や小説を書きたいと願う。そして、男の人にやさしくされたいと願う。まっすぐな、切実な、かなしい、やさしい願いだ。

学生時代にはじめてこの本を読んだとき、私は主人公の強烈な存在感に惹《ひ》かれた。敬意と畏怖《いふ》と憧れを抱いた。それらはいまも依然として私のなかにあるのだが、その後何度か読み返すうちに、べつの感想も持つようになった。しょーがない女だなあ、というのがその感想だ。

なにしろこの人ときたら、「私の一等厭《いや》なところをおし気もなく持っている男」、「会っていると、憂鬱なほど不快になって来る人」である「松田さん」に、ちょっとやさしくされただけで涙を「霧のようにあふれ」させ、「この人と一緒になって、小さな長屋にでも住まって、所帯を持とうか」と考えてしまうし、またべつなとき、べつな男に対しても、「私は当分あっちで遊ぶつもりよ」などと強気なことを言って停車場に男を残し、「汽車の窓から、ほんとに冷たい握手をした」くせに、汽車が走りだすや否や「固く目をとじて、パッと瞼《まぶた》を開くと、せき止められていた涙が、一時にあふれ出る」。そうしてようやく別れたのに、翌月、「スグコイカネイルカ」という「電報を受け取った私は真実、嬉し涙を流して、はち切れそうな土産物を抱いて、この田端《たばた》の家へ帰って来」てしまう。ついでに言うと、「半月もたたないうちに又別居だ」。

しょーがないなあ。

勿論、時代がいまとは全然違うわけだから、彼女のこういう言動を、いまのものさしで量って非難することはできない。女工、女中、女給。作中で芙美子の就く職業に（文筆業以外、と言いたいところだけれど、その職業にも、女文士とか女流作家とか、女だてらにというニュアンスの区別がつけられた時代だ）、どれも性別がつくことからもあきらかなように、当時、女は女用の場所にいなくてはならず、女用の場所とは家庭だった。そこからはみだした女は、それだけで放埒《ほうらつ》あつかいされたというより、放埒を張らなければ行き場がなかったに違いなく、つまり頼るべき男のいない女は、いまよりずっと不自由で、心細かったはずなのだ。

でも――。敬意や畏怖や憧れが自分から遠いものに抱く感情であるのに対し、しょーがないなあというのは、すくなくとも私の場合、自分にとって近いもの、気持ちのわかってしまうもの、に抱く感情である。主人公・芙美子のしょーがなさは、必ずしも――というか、大筋において――時代のせいではないのではないか、と私は思う。むしろこのしょーがなさこそが、時代を超えて人々の理解と共感を得てしまうのではないか。

恋愛のことばかり書きすぎてしまった。これは一人の女が生きていく話だ。どん底の貧乏をし――新聞で慈善家の記事を読み、その人が一度（か二度かわからないが）慈善行為をしたというだけの理由で、面識もないのに経済的援助を求めに行くくだりがあって、その切羽つまり方と行動の凄まじさには驚くけれども、同時にこの場面には何か風通しのいい、主人公の気概とおおかさのようなものも感じる――、労働をし、家族を思い、ものを書き、活動写真を観に行ったり、ひさしぶりに髪を洗ってさっぱりしたり、あれこれのことを夢想したり決意したりし、ともかく遮二無二生きていく話だ。生きるためには食べなくてはならず、だからだろう、随所にでてくる食べものが、小さな光を放ってでもいるみたいに印象的に、描かれてもいる。「熱い飯の上に、昨夜《ゆうべ》の秋刀魚《さんま》を伏兵線にして、ムシャリ頬ばると生きている事もまんざらではない」という一文とか、朝から何も食べていなくて、お金もないのに半ばやぶれかぶれで男と洋食屋に行って、「初めて肉の匂いをかぎ、ジュンジュンした油をなめると、めまいがしそうに嬉しくなる」場面とか。ある男に別れを切り出したら「サメザメ」泣かれ、その男を「振り捨て」て町に走りでて、「ワンタンの屋台に、首をつっこんで、まず支那酒《シナしゅ》をかたぶけて、私は味気ない男の接吻を吐き捨てた」というときの、書かれてはいないが屋台に灯るあかりと、たちこめているはずの湯気や匂いや。

この人の手にかかると、秋刀魚も油もワンタンも詩みたいになる。光景も、言葉の持つリズムも。勿論、食べものだけではない。『放浪記』という本のいちばんの魅力は、言葉のおもしろさ、日本語の底力、をたっぷり味わえるところだと思う。なめらかな（そして大抵の場合はお行儀のいい）会話と、小気味いい（そして大抵の場合お行儀の悪い）独白とのコントラスト、豊かでこまやかで自在な語り口、そして、ふんだんに使われる擬音語と擬態語。

雪は「シラシラ」降るのだし、門灯《あかり》は「ポカリ」とつくのだし、雪どけ道は「こねこねしている」。涙は「ボダボダ」あふれ、カンテラの灯《ひ》は「パアパアと地を這う」。豚カツは「フクフク」と湯気を立て、冷飯には味噌汁を「ザクザク」かける。私は「ジン」と悲しくなったり、雨に「ドブドブ」濡れたりし、友人の家で「はろばろ」と足を投げだして横になったりする。

こういうあかるい言葉を読むのは気持ちがいい。かなしい場面やしめっぽい場面にも、この作家はあかるい言葉をきっぱり使う。詩人なのだ。『放浪記』には、作者自作の詩も幾つか書きつけられているけれど、この書物自体が、一編の、いきのいい詩みたいでもある。

――林芙美子『放浪記』(ハルキ文庫　解説　2011・2)

白いドレス

私がはじめてお会いしたとき、寂聴さんはすでにいまとおなじ、すっきりと丸い頭をしておられた。

でも、父がかつて編集者として瀬戸内晴美さんとお仕事をさせていただいた御縁で、我家にはそのころの寂聴さんの写真が何枚かあった。白黒の、キャビネ判と呼ばれるサイズの写真だった。どこか戸外で撮られたものであるらしく、写真のなかの寂聴さんは、ウールのオーバーを着ていた。立っていたり、しゃがんでいたりした(そういえば、しゃがんだポーズの写真というものが、昔はたくさんあったけれど最近は見ない)。笑っていたり、どこか遠くを見たりしていた。丸い頭はされていなくて、若く、可憐な印象だった。

「瀬戸内さんが得度《とくど》されるらしい」

父が言い、母が「ええーっ」と頓狂《とんきょう》な声をだした日のことを憶えている。私たちは「どぼん部屋」と呼んでいる部屋にいた。どぼんをしていたわけではない。どぼんのお客様が来ないとき、そこは茶の間になるのだった。ともかくその部屋で、私はそのニュースを聞いた。くわしいことはわからなくとも、父と母の口調や表情で、何か重大なこと、深刻なことが起きたのだとわかった。

当時、私にとって寂聴さんは、「あのドレスをくれた人」だった。あのドレス、というのはレースのたくさん使われた、白い豪奢《ごうしゃ》な子供服で、何とパリ製なのだった。担当編集者にはじめての子供が生れたと聞いて、旅先で買って贈ってくださったもので、生れたばかりの赤ん坊がそれを実際に着るまでには何年かかかったわけだけれど、見るからに上等なそのドレスは、パリがどこにあるのかも知らない子供の私の目にさえも、はっきり特別に映った。

新婚当時、父と母にはお金があまりなくて、みかん箱を机がわりにしていたそうで、そんなふうに暮していた若い夫婦の目には、さらにもっと特別なものに映ったはずだ。たぶん、分不相応なものに。

大人になり、父も母も見送ったいま、私はそう想像してしまう。彼らにとってとっぴょうしもないものだったに違いないのだ。パリ製のドレスも、それを贈られた赤ん坊の存在自体も。

「瀬戸内さんがくださったのよ」

そのドレスを私に着せるたびに母は言った。

「パリ製よ」

とつけ加えることも絶対に忘れなかった。母はパリという街に憧れていて、いつもシャンソンのレコードを聴いていたから、自分の娘がその街から届いた服を着ることに、喜びとうらやましさを両方感じていただろうと思う。母の青春時代は戦争のさなかだったから。

というわけで私にとって、会ったことのない「セトウチさん」は、「あのドレスをくれた人」であり パリであり、白黒写真のなかの、ウールのオーバーを着た内気そうな、丸顔の、思慮深そうな女の人なのだった。その人が「トクド」することになり、父と母が動揺している。大変だ！と思った。「トクド」というのが何であるかはともかく。

その後、短大を卒業しても就職せず、アルバイトでお金を貯めては旅行する、という生活をしていたころに、私ははじめて寂庵におじゃました。物を書きたい、と漠然と思い、あちこちに投稿し始めたころでもあった。六月で、寂庵の前の水田が、美しいさみどり色をしていた。

「はじめまして」

私がご挨拶すると、寂聴さんはにこにこして、

「まー、香織ちゃん、大きくなったわねー」

とおっしゃった。私にとってははじめての実物の「セトウチさん」だったけれども、彼女にとっては父からいつも（おそらく「困ったもんです」という苦々しげな言葉と共に）聞かされる、問題の多いあの子供、だったのだろうと思う。

その日、私はびっくりするほどたくさんの鮎をごちそうになり（「この子、食べることが大好きだから、もっと持ってきて。もっと焼いて、もっと持ってきてちょうだい」料亭の人に、寂聴さんがそう指示し続けたから）、お酒もじゃんじゃんのませていただいた。そして、

「あのね、あなた、物を書くにはストリップする度胸が必要なのよ」

という、忘れられないひとことも。

私は思うのだけれど、もしかするとあのとき寂聴さんは、「だからやめておきなさい」とおっしゃろうとしていたのかもしれない。あなたには無理よ、いまのうちにわかっておいたほうがいいわ、と。

でも、途方もなくぼんくらな娘だった私は、何もかもがただたのしく物珍しく、水田が美しく鮎がおいしく、その言葉に関しても、〝そうか、ストリップか、じゃあまずダイエットだな〟などと思っただけであった。

ただ、その日を境に寂聴さんは、私にとって「セトウチさん」ではなく寂聴さんになった。そして、その寂聴さんは、遠い日に白黒写真のなかで見た若いひっそりした女の人と、ふしぎなくらいきれいに重なるのだった。

警告（?）にもかかわらず書くことをやめなかった私は、小説家と呼ばれるものになった。日本中を飛びまわっている寂聴さんには滅多にお目にかかれないけれど、たまにお会いする機会があると、

「おひさしぶりです」

とご挨拶し、

「まー、香織ちゃん、大きくなったわねー」

と言っていただく。〝いや、まったく困ったもんです〟そのたびに父がそう言っている声が聞こえる気がするのだが、もしかするとその声は、寂聴さんにも聞こえているのかもしれない。

――「the 寂聴」第9号（2010・3）

あの世に行く話

寂聴さんが亡くなって、もうすぐ二年になる。全然ピンとこない。それはたぶん私がご無沙汰ばかりしていて、何年も何年も何の連絡もせずにいて、それでももちろん寂聴さんは寂庵にいて、電話をかければ「あらー、香織ちゃん?」とあの高くあかるい声で応えてくださり、「いつ来るの? 何日はどう? 早くいらっしゃい」と言ってくださる、という状況に甘えていたせいだろう。寂聴さんはいなくなったりしない、なぜならば、寂聴さんだから。そんなふうに思っていた。

この人は年を取らないのかもしれない。お会いするたびに、私はそう疑った。八十歳を超えてからも、赤ちゃんみたいにきれいな肌をされていた。少女みたいにあどけない顔で笑った。もう随分前になるが、かつて寂庵の前を流れていた川のそばで、夕暮れにホタルをつかまえて見せてくださったことがあった。きゃあきゃあではなくぴゃぴゃと聞こえる笑い声を立てながら、素手で何匹もつかまえ、涼しげな絽《ろ》の着物の袂《たもと》に入れて光らせて見せてくれた。草履ばきなのにぴょんぴょん跳ねてつかまえるので、運動神経のいい人なんだなと思ったことを憶えている。あの夕暮れの光景など、いま思い返すと源氏物語の一場面みたいだ。

寂庵にうかがうと、いつも遅くまでお酒をのんだ。寂聴さんはおそろしく記憶力がよくて、あの人がああ言ったとか、この人がこう言ったとか、文壇周辺のエピソードを、昔のものから最新のものまでおもしろおかしく（ときにぷんぷん怒りながら）披露してくださるのだったが、考えてみれば、夜遅くまで噂話に興じるというのもまた、きわめて源氏物語的なことだ。

今回『女人源氏物語』をひさしぶりに読み返して、その自由闊達《じゆうかったつ》な筆さばきと大胆な踏み込み方に私は驚愕したのだが、それはあらためて驚愕したというより、新しく驚愕したという方が近い。かつて読んだときの私が読者として未熟だったということももちろんあるだろうけれども、それだけではなく、『女人源氏物語』というこの本の自由さや大胆さは、それが書かれた一九八〇年代によりもいまという時代においての方がよりまぶしく強烈に感じられる気がする。社会がさまざまな点で保守的になり、窮屈が普通になりつつあるからだろうか。

ここにでてくるたくさんの女たちの声のビビッドさはどうだろう。そもそもは平安時代に書かれた書物の登場人物たちを、こうまで肉感的に、身近に（ほとんど親しみやすくと言っていいほど身近に）現出させるなんてアヴァンギャルドだ。寂聴さんが、この女性たちすべてに一人ずつ心を寄せて書かれていることがわかる。おそろしいまでにのめり込まれたのだろうことも。

寂聴さんは「いい男」というものがお好きだった。役者でも歌手でも作家でも編集者でも、「それがいい男なのよ」とか、「あら、いい男じゃないの」とか、よくおっしゃった。光源氏についても、「それはもういい男よ、きれいだしね、ともかくやさしいから」と、まるで知り合いみたいにおっしゃっていたが、この本を読むと、その光源氏がかなりひどい男にも、しょうがない男にもきちんと見える。かなりひどい男やしょうがない男は、いい男とすこしも矛盾しないのだ。

女たちの懊悩《おうのう》やため息や、歓喜や恍惚《こうこつ》、涙や愚痴がそれを証《あかし》している。

平安時代を生きた人たちがもうこの世にいないのとおなじように、寂聴さんもこの世からいなくなってしまった。最後にお会いしたとき、「死ぬのはちっとも恐くないの。だってね、私が死んだらね、三途《さんず》の川の向うにね、私の会いたい人たちがみいんな、一列にならんで待ってるの」とたのしそうにおっしゃったことを憶えている。みんなが一列にならんでいたら、いろいろと不都合も生じるのではないかと私は余計な心配をしたのだが、常人ならいざ知らず、寂聴さんなのだからそんな心配は無用だっただろうといまは思う。昔、ホタルをつかまえてくださったときとおなじくらい軽快な足どりで川向うに飛び移り、なつかしい人たちとにぎやかな再会を果されたことだろう。と書いて思いだした。寂聴さんは最晩年まで精力的に小説を書かれていたが、そのなかにすばらしい短編があった。寂聴さん自身と思われる主人公があの世に行く話で、それだけでもびっくりするが、ユーモラスであっけらかんとしているのにしみじみ胸に迫るもののあるその小説のなかで、寂聴さんはなんと飛行機に乗ってあの世に移動するのだ。目的地に着陸したあと、早く飛行機から降りるよう、不機嫌なフライトアテンダントに急《せ》かされた、というようなおもしろい描写まであった。飛行機！！！

ということは、一列にならんで待っている人々の目の前で、寂聴さんは優雅にタラップを降りたのかもしれない。もしそうなら、そんな奇抜な登場のしかたをして、なつかしい人々を驚かせられたことがうれしくて、手をたたいて足踏みまでして笑ったに違いない。いたずらを成功させた子供みたいに。

——瀬戸内寂聴『決定版　女人源氏物語　二』（集英社文庫　解説　2023・11）

石井桃子（あるいはいしいももこ）さん

石井桃子さんにお会いしたことはないのだが、石井桃子（もしくはひらがなで、いしいももこ）という名前は私にとって昔から、親しい、特別なものだった。動物園に行ったり海に行ったり雪を見たりするうさこちゃんの絵本や、何度読んでも愉しさに陶然となる『クマのプーさん』をはじめ、『サリーのこけももつみ』や『まいごになったおにんぎょう』、『小さい牛追い』や『たのしい川べ』といった自分の好きな本の表紙に、必ずといっていいほど決ってその名前が印刷されていたからだ。ぼんやりした子供だった私には翻訳者だという認識はなく、それは人の名前というよりも、おもしろい本についているマークのような存在だった。

大きくなるにつれて読書の幅は広がったが、石井桃子（あるいはいしいももこ）マークの本はつねにそばにあり、いつでも帰れる場所だった。本というのは読むものだと思われがちだしその通りでもあるのだが、それ以上に、もちろん居場所でもあるのだ。快適で安心で幸福な居場所。私はそれを石井桃子さんに、どれだけ提供していただいたかわからない。

石井さんの書かれる日本語はすてきだ。おっとりしていて可笑《おか》しみがあり、清潔でふくよか。

読んでいると、掃除のいきとどいた静かで小さな家のなかでくつろいでいるような気持ちになる。その家の窓はつねにあいていて、おもての日ざしや雨の音や、緑の匂いが入ってくる。

小さい判型に似ず広く深い物語世界を持つビアトリクス・ポターの絵本群や、風刺とユーモアに満ちた『ピーター・パンとウェンディ』の翻訳などは、この人以外には考えられない。『ノンちゃん雲に乗る』や『山のトムさん』、『幻の朱《あか》い実』といった創作も含め、石井さんの書かれた文章をあまりにもくり返し読んだために、私のなかには石井桃子さんが是《ぜ》とする言葉か是としない言葉か、という一つの尺度ができてしまった。言葉というのは思考のすじ道でもあるので、私は思考の方法においてもまた、石井さんが書いたり訳されたりした物語の影響を受けている。

編集者として翻訳者として作家として、石井桃子さんのされた仕事はこわいほど大きい。もしこの人がいなかったら子供の本の世界がどうなっていたかは想像もしたくない。子供の本の世界――。石井桃子さんが身を置き、生涯たっぷり堪能されたに違いないその豊かな世界は、この国においては石井さんが耕し、種をまき、育てた世界でもまたある。

西欧社会にBCとADがあるように、日本には石井桃子さん出現以前と以後があると私は思っていて、自分が以後に生れたことに、とても感謝している。

それから――。

私はずっと、なんとなく、石井桃子という人は不死身だと思っていた。でも亡くなってしまった。そして、死後に続けざまに出版されたエッセイ集や評伝を読んで、おそまきながら（かつ当然のことながら）、石井桃子さんがおもしろい本についているマークではなく、ひとりの女の人だったことを知った。絹さやのおみおつけと牛肉のバタ焼きが好きだったことや、コリー犬を飼っていたこと、静かな生活を好んだけれど、一方で友達の多い人だったこと、生涯独身だったこと、新聞を読みながら朝ごはんをたべたこと、勉強が好きで、九十歳をすぎてからまた英語を習い始めたこと——。そこには、明治大正昭和平成を生きた、聡明で気骨のある物静かな女の人がいた。農業に従事したり会社につとめたり、外国にでかけたり家庭文庫をひらいたり、驚くほど精力的なそれは暮しぶりで、一体どうすればそのほかにあれだけの翻訳および創作ができたのかと不思議だ。でも、そのすべてが石井桃子（あるいはいしいももこ）だったのだ。

やわらかな言葉で書かれたエッセイ集を読んでいるとほっとする。いっぱい楽しんだ人だとわかるからだ。ストイックに仕事をしながらも、旅行をたのしみ動物と遊び、夏には毎年レモネードをつくった。人にすすめられてピンクの服を着たり、ひとりで歌を口ずさんだり、メダカを飼って卵をかえしたりもした（「朱色の半透明な、世にも美しい小さい玉」を見て、「びっくりして、ぞっとするほどうれしかった」と、『家と庭と犬とねこ』にある）。石井桃子さんが生活をたくさん楽しんだ人でよかった。

ご本人は逝《い》ってしまわれたけれど、彼女の言葉も本もこの世にしっかりある。それらは多くの子供たちの居場所であり続けるだろうし、私の帰る場所でもあり続ける。それはなんて心強いことだろう。

——「神奈川近代文学館」（NO. 141 / 2018・7）

豊かで幸福な書物——石井桃子　この三冊

①クマのプーさん　プー横丁にたった家
A・A・ミルン作／E・H・シェパード絵／石井桃子訳（岩波書店）

②チム・ラビットのぼうけん
アリソン・アトリー作／中川宗弥画／石井桃子訳（童心社）

③幻の朱い実　上・下　石井桃子著（岩波書店）

書物というのがどんなに豊かで幸福なものか、石井桃子さんほどふんだんに教えてくれる人は他にいない。言語というものの喜びも、日本語のおもしろさや美しさも。石井桃子、という名前自体が、私には物語の国のものに思える。

さて、三冊。『くまのプーさん　プー横丁にたった家』は、何はともあれ外すわけにいかない。草の匂いがして風が吹いていて、ミツバチの羽音がし、川が気持ちのいい音をたてて水をはねかすあの場所のことは。ミルンの物語、シェパードの絵、石井さんの訳、のどれ一つが欠けても存在し得なかった場所だ。いまは、本を開けば誰でもそこにでかけられる。論理と言語。この物語を支えているのはその二つで、それをこんなにふっくらとした、のびやかで可笑しくて唯一無二の（というのはつまり、これでなくてはならないという絶対性を持った）日本語にした、訳者の仕事の見事さ！

二冊目は、『チム・ラビットのぼうけん』。作者のアリソン・アトリーは、稀代《きたい》の物語作家だ。やさしい精緻な文章を書く。彼女と石井さんの組合せは、読者にとってまさに至福。幼いうさぎが主人公で、全編、うさぎのやわらかな毛や、それを風にそよがせる感触、ハサミの刃のつめたさ、お日さまの光の手ざわり、といった触感にみちみちている。ごく小さい子供たちから読める、うっとりする美しさの物語だ。

三冊目は、御本人の著書のなかから『幻の朱い実』。二人の女の交流、気持ちの動き、生活、が丹念に描写され、読む喜びにみちた一作。不穏な時代背景や、女性が、あるいは一人の人間が生きていく上での現実や、といった小説的縦糸に織込まれる、ひそやかで愉しい、ときに悲しい、濃《こま》やかでみずみずしいディテイルという横糸が醍醐味。随所に活きのいい日本語がちりばめられてもいて、この小説の豊かさが、言葉に裏打ちされ、護られている（盤石！）ことがわかる。

——「毎日新聞」（2007・3・4）

完全無欠な絵本
――ビアトリクス・ポター『モペットちゃんのおはなし』いしいももこ訳（福音館書店）

とても小さい（縦十四・五センチ、横十一センチくらいの）絵本だ。潔いほどにシンプルな佇い。私はこの本が無闇に好きで、二十代で出会って以来ずっと（そのときから今日までに四つの家に住んだのだが、どの家でも必ず）、机のすぐ横の本棚に置いている。いつでもすぐ手に取れるように。

名作の多いピーターラビットシリーズのなかでも、ピカいちの完成度なのだ。余分なものが何もなく、たりないものも、何もない。何度読んでも笑ってしまう。それも、この短い「おはなし」のなかの何か所もで笑ってしまうのだ。モペットちゃんが「これは、とてもかたいとだな！」と思う場面や、頭を「きれ」で包む場面、モペットちゃん（書き忘れていましたが、モペットちゃんというのは猫の名前です）が意表をつかれる衝撃の名場面（と彼女のその表情！）や、そのあとに控える軽やかで完璧なラストの可笑しさにも――。

ともかく愉しいのだ。単純に、一点の曇りもなく、ただ愉しい。この本を読むとき、そこには何の憂いもなく、私はほとんど無心といっていいような状態になる。そんなことが可能だとはこの本を知るまで思ってもいなかったが、この本を読むと、私は自分を二歳児みたいにきちんとしていると感じられる。

このシリーズの魅力がビアトリクス・ポターの精緻きわまりない絵に支えられていることは間違いないが、この一冊について言えば「おはなし」がまたすばらしいのだ。というより、ここで両者は不可分であり、私にとってこの物語は完全無欠で、こんなものが書けたら他に何も書けなくてもいい、とさえ思う。訳文には、石井桃子さんの日本語の美しさがいかんなく発揮されている。

表紙についても誉め称えなくてはならない。私の持っている版では、モペットちゃんが「きれ」に包んだねずみでボール投げをして遊んでいる絵が描かれているのだが、この絵の可笑しさと奇妙さのバランスは絶妙で、でも、そんなことを言えばこの本は一冊まるごと可笑しさと奇妙さの絶妙なバランスの上に成り立っているのであり、それが本自体の物理的な小ささや、シリーズ全体の奥深さとあいまって、得《え》も言われず密やかな、もう一つの現実世界をつくりだしている。絵本にとって大切な見返しもいいし、見返しの次の頁に置かれた、モペットちゃんとねずみが向い合っている絵もよくて、ともかくもう、瑕疵《かし》が一つもない一冊なのだ。

——「すばる」（2020・1）

なつかしい一冊

――アリスン・アトリー『時の旅人』（小野章訳　評論社／松野正子訳　岩波少年文庫）

二十世紀前半のロンドンに住む少女ペネロピーが、十六世紀のダービシャーに何度も滑り込んでしまうこの物語の、ためいきがでるようなおもしろさと繊細な美しさをどう言えばいいだろう。ペネロピーの一族には透視力のある者がときどき生れる、と語られる半面、ペネロピーは空想好きだとももまた語られ、彼女のタイムスリップがそのどちらによるものなのか曖昧なまま、でも読者は確かにそこに連れて行かれる。鍵となるのはダービシャーにあるペネロピーの大叔母の家で、彼女はそこに滞在することで、するっと十六世紀に滑り込む。それはつまり、都会の娘が田園地帯にでかけてその土地を味わい、さらに過去にでかけて史実を目撃するという二重の旅だ。

十六世紀のその場所にはアントニー・バビントンという荘園主がいて、スコットランド女王メアリーを幽閉生活から逃亡させようと画策している。彼に仕える女中頭がペネロピーの祖先で、現実の大叔母に似ている。舞台も基本的におなじ屋敷とその周辺で、だから読者はペネロピー同様に、一つの場所の二つの貌《かお》を見ることになる。

政治と宗教にからめとられた女王メアリーとバビントンの悲劇（二人の末路をすでに知ってい

て、どうすることもできない少女ペネロピーの気持ちたるや！）、彼らの周辺の素朴で魅力的な人々、田園風景の美しさ――。私は二十歳のころに読み、この世界から現実に戻りたくないと思ったものだったが、今回読み返して、またそう思った。

ともかく圧倒的な描写力なのだ。風景のみならず、当時の家具や衣服や生活道具、世界の色や音や手触りや匂い（とりわけ匂いはすばらしい。古いものの、新鮮な外気の、さまざまな薬草の、焼きたてのパンや洗いたてのリネンの、一日中働いた男たちの足の、床に敷きつめられたスミレの、匂い匂い匂い）。「焼リンゴの上にクリームを一杯かけて雪ダルマにして食べ」るとか、「蜜シロップをつけて焼き丁字《ちょうじ》の薬味をつけたハム」とか、おいしそうなものがたくさんでてくるのも愉しく、「上にニクズク、ラズベリー、クリームをのせたジャンケット、まるまる一メートルの長さの大きな凝乳《ぎょうにゅう》のパスティー、黄金色にふっくらとしていて薬味がちりばめてある」という一文など、ほとんど何のことだかわからないのに、胸がときめく。

幼年童話の名作をいくつも残しているアトリーだけれど、この本にこそ本領が発揮されていると私は思う。

――「毎日新聞」（2020・4・25）

軽やかで健やかな精神
——R・L・スティヴンスン／小沼丹訳『旅は驢馬をつれて』（みすず書房）

クリームキャラメルを、口のなかでゆっくり溶かしながら食べる。「旅は驢馬をつれて」を読む喜びは、それに似ている。ゆっくり、が大事だ。そして、いかにゆっくり味わったところで、キャラメルが永遠にもつわけはなく、やがて儚《はかな》く消えてしまう。いましがたまで確かにあったものがふいになくなり、驚いて、さびしくなり、もう一つ食べる。キャラメル一つぶんの幸福が、たちまち戻ってくる。消えたことなんかなかったみたいに。もう二度と消えないみたいに。

そうやって、読者はつぎつぎにキャラメルを食べる。マッチ売りの少女が、つぎつぎにマッチに火を灯すのにもそれは似ている。実際、頁を繰りながら読者は贅沢を味わう。言葉と、スティヴンスンの人格とでつくられた異空間。そこに身を置くことは、ひたすらに愉しい。

私は初め、スティヴンスンの旅行記という点よりも、小沼丹《おぬまたん》さんが訳しておられるという点に惹《ひ》かれてこの本を読んだ。小沼さんの訳文はもう圧倒的に素晴らしく、全編、美しすぎてためいきがでた、勿論。（ほんの一例だが、「アポリナリス神父」の章で、つい笑ってしまう愉快さを、上品かつ軽妙に誘う「このいささかものすごい奇矯な言動」という言葉は、原文では「this somewhat ghastly eccentricity」である）。だけれども、次第にスティヴンスンの人格そのものに——というのはまさしくこれこそ文ハ人ナリだからなのだが——惹きつけられ、彼と共に旅をしている自分に気づいた。

　美しく編まれた書物のなかで、言葉と人格に導かれながら旅をするくらい愉快なことがあるだろうか。若く、快活で繊細で物識りの、皮肉屋のスティヴンスンと、「一種のロールパンかソーセイジといった」様子に見えるスリーピング・バッグ、それに「鼠色の優しい眼と決断力の強そうな下顎をもった小柄の」「小ざっぱりとした、お上品な、普連土教徒風の優雅さ」のある牝驢馬モデスチン。私はそこに加わって、十二日間の旅をした。

　独特の色あいを帯びた風景、朝は朝らしい、夜は夜らしい新鮮さでもってその土地と人々の生活をとりまく大気。通りすがりの人々とのやりとり、宗教上の丁々発止《ちょうちょうはっし》、ちょくちょく顔をだす過去の亡霊たち。

　この旅程には、実にさまざまな愉しみがある。歩く愉しみ、眠る愉しみ、眺める愉しみ。また、イギリス人気質とフランス人気質をそれぞれに味わう愉しみや、いくつもの文学作品からの引用でつながっていく、美しく示唆に富んだ断片という愉しみもある。

　そして、それらすべての底流に、スティヴンスンの知性がある。たとえば旅の始め、驢馬のモデスチンがちっとも動かず、たびたび打ちすえなくてはならずに辛い思いをしたスティヴンスンは、「こんなみじめな境遇におかれた人間の話はきいたこともないように思う」と書き、「私の苦衷は言語に絶するものであった」と書く。しかし、結局のところこう続く。「私は泣かんばかりの気持ちになった。しかしそんなばかはやらなかった。路傍にどっしり尻をすえるとタバコと一杯のブランディで愉快な気持ちをひき立てながら、つらつら現状を考察した」。

知性とはそういうことであり、彼のこの軽やかで健やかな精神は、この旅行記全体に、豊かな可笑しみを与えている。

彼はしょっちゅう「爽快な気分」や「愉快」な心持ちになる。露営のあとは、「一体世界のいかなる地点で眼醒めたものか確かめよう」という気分で、新しい朝を迎える。世話になった宿をでて次の目的地に向かうときには、「私は最初、一人と別れ、ついでまたもう一人と別れ、まことに悲しかった。とはいえ、次の宿場へ急ぐべく、前宿の塵を払い落とす旅人の歓びも覚えないわけではなかった」と、書くのである。ブラヴォ、と、思う。

とりわけ美しい描写がある。それは戸外で眠る歓びについての比較的長い考察で、何度読み返しても、清冽な体感を伴う。全部は引用できないが、「屋根の下にいれば、夜、は死んだような単調な時である。しかし、戸外に在っては、星や露や芳香を伴い夜は軽やかに走りすぎる」と始まるその考察は、みずみずしく、センシャルで、しかも思いがけない着地点に到る。「われわれは近在のすべて戸外にいる生物と共にこの刺戟を経験しているのであり、文明の牢獄《バスティユ》を遁れ出て、しばらくのあいだは一介のやさしい動物となり、また自然の飼う羊の群の一匹となるのだ」と感じ、「シャスラデエの宿屋や、ひとかたまりになった寝間帽を想い、慄然とした。事務員や学生たちの夜毎の活躍や、むれ返るような劇場や、親鍵や、締め切った部屋を想い慄然とした」あとで、戸外に眠る若きスティヴンスンは、こんなことを思う。「私が孤独のうちにあって歓びに酔い痴れている間、私は何やら奇妙な不足に気がついた。私は星明かりの下にあって私の近くに臥す伴侶が欲しかったのである。ものいわず、動かず、しかし、絶えず手の触れるところにいる伴侶を。というのは、孤独よりもはるかに静かな二人連れというものがある。これは、誤りなく解釈されるとすれば、完成された孤独なのである。愛する女と共に戸外に住むというのは、あらゆる生活のなかで此の上なく完全な自由な生活なのである」。

これを読んで、私は二重にびっくりした。考察の意外な着地点にまずびっくりし、それ以上に、たとえば恋愛小説においてさえ、数百枚の原稿用紙を費してなおなかなか辿着《たどりつ》けないある種の核に、やすやすと美しく率直に辿着いているスティヴンスンという人にまたびっくりした。なるほどどそれも道理だ、とわかったのは、小沼丹さんによる解説を読んでからだった。恋は、つねに光なのだろう。あらゆる知覚、あらゆる思考に降り注ぎ、しみとおる。

そんなふうにして、鋭敏なる精神は驢馬のモデスチンと共に旅をしていく。この物言わぬ旅の道連れに対し、「じゃが薯のように冷たい」感情しか抱けないなどと書いていたスティヴンスンが、終章で見せる清潔なかなしみ、そしてそこに到るまでの静かで味わい深い過程も、この書物の大きな魅力になっている。

次に収められている「ギタア異聞」も、上品で情緒濃く、可笑しみのある一編だ。心が強くなる気がする。そして、「旅は驢馬をつれて」と同様に、口のなかでゆっくり溶かすキャラメルのように、ゆっくりくりくり返し読みたくなる。濃くて、滋味豊富。胃ではなく心を、たぶん幸福にする。

こんなに優雅で贅沢な書物が復刊されて、私はほんとうに嬉しい。

——『旅は驢馬をつれて』（みすず書房　解説　2004・12）

庄野潤三さんの文章世界

新型ウイルスのせいで営業自粛していた本屋さんがひさしぶりにあいた日、講談社文芸文庫の新刊として『庭の山の木』が積まれているのを発見した私は、飛びあがるほど嬉しかった。待っていました、と思った。庄野潤三さんの文章世界には、純粋な読む喜びがある。小説でもエッセイでもそれはおなじことで、というより、この人の書かれたものは小説とエッセイの垣根を越えて、ただひたすらに文学作品として、ひっそりと在る。唯一無二。

『庭の山の木』は昭和四十八年に刊行されたエッセイ集だ。隅々まで心の行き届いた文章ばかりで、読んでいて愉しい。ご本人が、「その小説なり随筆は、いわば真面目に書いたもので（真面目でなしにいったい何が書けるだろう）、誰かを笑わせようという考えは、こちらに無い」とはっきり書いておられる（「子供の本と私」）が、私は読みながらつい笑ってしまう。愉しすぎて笑ってしまうのだ。たとえば「みんみんぜみの鳴きかたも、気ぜわしくなく、郡上八幡《ぐじょうはちまん》らしくやっている」という文章を読んで微笑まずにいられるだろうか。郡上八幡らしいせみの鳴き方って——。息子さんたちが小学生の頃にかぶっていた帽子のことを、「こんな重宝なものは無かった」

と、息子さんたちになりかわって（?）回想する一文もそうだし、「ラムネの壜は、中身の分量から考えると、入れ物そのものが重いということに、私たちはいまさらのように気が附いた」という一文も、真面目に書かれているからこそ、優雅なまでに、ありありと愉しい。

　ときどき驚くのは、エッセイの書き出しの一文のすばらしい唐突さだ。「昨日、家に私ひとりしかいない時、別に何というわけもなしに、家をひとまわりしてみた」（「庭の山の木」）とか、「目の中にほこりの入りやすい人と、そうでない人がいるのではないか」（「睫毛」）とか。びっくりして、思わずおなじ行をもう一度読み直してしまう。そして、その時にはもう術中にはまっている。庄野潤三さんの文章世界に。

　また、この本には交遊録的エッセイも多数収録されていて、不勉強な私などは知らなかった人たち、中村白葉《なかむらはくよう》（「砂糖入りのレモン湯をこしらえて飲」んだという）とか阪中正夫《さかなかまさお》（「植木のない所に住めるというのは、君、あの男は詩人でないという証拠なんだからねえ」と言ったそうだ）とかについて知れるのも、貴重でとても愉しい。

――「群像」（2020・9）

雨の日を繙《ひもと》く

須賀敦子さんの御本を読んでいると、どうしてだろう、雨が降っている気分になる。いつも。没頭して頁をめくり、知らない街の古い石畳や行きかう人や、愉しげな食材店や季節ごとの木々や、注意深く綴られる誰かの横顔にひきこまれ魅了され、ふと本を離れると、私は東京の片隅の小さな自分の部屋にいて、窓の外は雨が降っている。部屋の中が随分暗い。もう夕方なのだ。電気をつけることとさえ忘れていた。

そういう気分になるのだ。だからたとえば外が晴れていたり、そもそも夜で、ちゃんと部屋の電気がついていたりすると、間違った場所に帰ってきたような気がする。あわてて本の中に戻る。するとまたやがて、おもては雨が降っている、としか思えない気配に、しっとりと包まれる。

雨の日の読書が特別なのは、私の個人的な記憶や事情なのだろうか、多くの人に共通する何かなのだろうか。後者のような気がするが、はっきりとはわからない。

雨の日の、閉じ込められる感じとうす暗さ、物がみな境界線を曖昧にし、植物や家や家具といった、普段言葉を持たないものたちが俄然生気を帯びるあのひそやかさ。書物の内側と外側、物語の内側と外側、は、雨の日にはほとんど地続きになる。ある種の書物を繙くことは、雨の日を繙くことだ。

須賀さんの書かれるエッセイは、一つずつがぽつんとある宝石みたいな物語だから、読む者の窓辺に一種の遮蔽幕をおろすのかもしれない。

その中で過ごす時間の豊かさは、須賀さんが亡くなられても、全然変らない。それはちょうど、『ウンベルト・サバ詩集』(みすず書房)の巻末にも収められている「トリエステの坂道」で須賀さん御自身が、「たぶんトリエステの坂のうえでは、きょうも地中海の青を目に映した《ふたつの世界の書店主》、私のサバが、ゆったりと愛用のパイプをふかしているはずだった」と書かれている、それとおなじ、物語と記憶と時間、言語と土地と人々、の織り成す作用なのだ。

須賀敦子さんは、私にとって、まずナタリア・ギンズブルグの翻訳者だった。無論、その後『ミラノ　霧の風景』を読み『コルシア書店の仲間たち』を読み『ヴェネツィアの宿』を読み『トリエステの坂道』を読み『ユルスナールの靴』を読み、その思慮深く明晰な日本語に、ふくよかで陰影のある文章に、そしてあちこちから立ち現れる街や人や書物や歴史、家族や記憶の息づかいに、その都度たっぷりとひたった。でも、その前にやっぱりギンズブルグがあった。

『ある家族の会話』というのがその小説のタイトルで、一九八五年の冬の日に、私は書店でその本をみつけた。おおげさな言い方になってしまって恥かしいけれど、私にはほんとうに一目で、自分にとってそれが特別な本になることがわかったし、現に、なった。私はギンズブルグに圧倒的に惹かれ、同時に須賀敦子という人に圧倒的に興味を持った。私にはイタリア語などわかりもしないのに、これはこういうイタリア語で書かれた小説なのだ、とはっきりとわかった。

言語はつながっている、という確信を、私はそのときに初めてほんとうに得たのだと思う。物を書きたいと漠然と思ってはいても、書くより読む方がもっと好きだとわかっていたし、小説を書くことで生計をたてようと思い定めるほどの気概も持たなかった二十一歳の娘だった私は、でも、翌年アメリカに留学した。言語はつながっている、ということを、もう疑っていなかった。そんなこともあって、私は聖心女子大とも上智大学とも関係ないのだが、須賀敦子さんをきわめて勝手に一方的に、ちょっと先生だったと思っている。

さて。『霧のむこうに住みたい』は、単行本にこれまで未収録だったエッセイを中心にまとめた一冊で、書評集や日記などを除いては、おそらく最後の作品集になるという。七年目のチーズ、ビアンカの家、アスパラガスの記憶……。目次を見るだけで、須賀敦子さんの本だとわかる。さっぱりした言葉たち。

読み始めれば、たちまちいつもの、仄暗《ほのぐら》い場所につれていかれる。仄暗い、温度の低い、未知にしてなつかしい場所だ。物の手触りはそこでこそはっきりするし、灯りのあかるさも温かさも、人々のうしろにある物語も亡霊たちも、そこでこそ愉しそうに顔をみせてくれる。

春のアスパラガスや真冬の避寒地の太陽、村じゅうの家々が草地に洗濯物を干す一日、といったまばゆいばかりの記憶の断片も、その仄暗い場所でのみ正しい質量を得て、存分に光りかがやけるのだというみたいに。

質量。それについて、須賀さんの文章は奇跡みたいな均整を保っている。この作家は決して多くを語りすぎないし、人々を切りとってみせたりしない。

ごくあたりまえのこととして、人には人一人ぶんの厖大な物語があり記憶があり、その向うには家族がしっかり——どういう境遇にせよどんな考え方を持っているにせよ——つながっていて、街があり国があり歴史があり言葉があり、たいていのことはわからないまま光もあてられぬまま、それでも一度だけの輝きをもってくり返されていくのであり、切りとることなど不可能だし無意味なのだ、と御本人が思っていらしたかどうかはともかく、本質的には物語とはすべからく長く重く暗いものだということを、須賀さんのエッセイは思いださせてくれる。そして、だからこそ存外、ひそやかで心愉しい瞬間にみちているのだということも。

須賀敦子さんに、実際にお目にかかったことはないのだが、エッセイを読んでいて、少女じみたひとにふいにでくわしてしまった、と感じることがある。たとえば「フィレンツェ　急がないで、歩く、街。」と題されたエッセイの中の、こんな一節。

街中が美術館みたいなフィレンツェには、「持って帰りたい」ものが山ほどあるが、どうぞお選びください、と言われたら、まず、ボボリの庭園と、ついでにピッティ宮殿。絵画ではブランカッチ礼拝堂の、マザッチオの楽園追放と、サン・マルコ修道院のフラ・アンジェリコすべて。それから、このところ定宿にしている、「眺めのいい」都心のペンションのテラス。もちろん、フィエゾレの丘を見晴らす眺めもいっしょに。夕焼けのなかで、丘にひとつひとつ明かりがついていく。そして、最後には、何世紀ものいじわるな知恵がいっぱいつまった、早口のフィレンツェ言葉と、あの冬、雪の朝、国立図書館のまえを流れていた、北風のなかのアルノ川の風景。

持って帰りたい?! これを読んで、ぱったり少女にでくわしたみたいに微笑まないひとがいるだろうか。須賀さんの文章にはめずらしい体言止めが続き、そこにいるのは、秘密の場所を教えてくれるのに、息を弾ませて幸福そうに、誇らしそうに、駆けだしてしまった少女みたいだ。

須賀さんの御本には、いつも彼女の人格と人生が潜んでいる。そして実にさまざまな、美しくしずかな方法で、街を読む愉しみを教えてくれる。

――須賀敦子『霧のむこうに住みたい』(河出文庫 解説 2014・8)

あの妹

佐野洋子さんは私にとって、ずっと〝あの妹〟だった。『わたしが妹だったとき』という本が、大好きだったからだ。

はじめてお目にかかった（というか、遠巻きに眺めた）とき、私は童話屋という書店でアルバイトをしていた。童話屋は出版社でもあったので、安野光雅さんとか阪田寛夫さんとか角野栄子さんとか、錚々《そうそう》たる顔ぶれの作家や画家が、ときどき会社にやってきた。やってきても、アルバイト店員である私はとくに何をする必要もなかったのだが、それでもその都度緊張し、緊張しながらも興味津々で、周りをうろうろして観察した。

佐野洋子さんがいらっしゃる、と聞いたとき、私は心のなかで飛びあがって喜んだ。〝あの妹〟に会える！

『わたしが妹だったとき』は童話集で、だからフィクションなのだが、私には、自分の目撃した事実のように思えていた。現実以上にほんとうのことであるように。

本のなかの妹は幼い少女だが、現れたのは、でも勿論少女ではなく大人の女の人だった。一九八四年か五年のことだから、佐野さんは四十代の半ばくらいだったはずだ。ちょっと日にちの経ったパウンドケーキみたいに乾いた声で話す、着心地のよさそうな服を着た人だった。お茶をのみながらの雑談になり、佐野さんは息子さんのことを話された。ゲンが、ゲンが、と、息子さんの名前を連発したかと思うと、やめてやめて、息子の話はもうやめて、と急に狼狽して言ったりした。私はびっくりした。〝あの妹〟、母親になったんだ！

それから随分時間が流れ、佐野洋子さんと、一緒に旅をする機会があった。三重県の四日市というところに、新幹線と近鉄電車を乗り継いで行った。佐野さんは和服姿だったが、やはり着心地がよさそうな和服に見えた。ちょうど再婚されたころのことで、結婚生活の話を（ちょっと日にちの経ったパウンドケーキみたいにぼそっとした声で）聞かせてくれた。庭のことや朝食のこと（ご主人が、毎朝ベッドまで朝食を運んでくれるそうだった）。私はまたびっくりした。〝あの妹〟、今度は妻になった！

佐野さんの書かれた、大人の女が主人公のエッセイには中毒性があり、見事に中毒になった私はどの本も嬉々として読み、佐野さんだと思われる女性やその周辺の女性の暮しぶりに驚いたり感嘆したり、憧れたり共感したり同情を禁じ得なかったりし、だからいま、私のなかには大人の佐野さん像もたしかにある。あるけれど、そこにはやっぱり〝あの妹〟が、何の矛盾もなくぴったりくっついて存在している。

私は〝あの妹〟に会ったことがある、と思っている。

――『佐野洋子　あっちのヨーコ　こっちの洋子』所収（平凡社　2017・2）

すべての物語が地続きな場所

宇野亞喜良さんは、西洋の昔話にでてくる妖精のようなひとだ。妖精はたいてい小柄で、顔色がわるいけれど病気ではなく、怪我もしない。身のこなしが軽く、優雅で、着心地のよさそうな、洒落た色合い（深い森の木々の茶色とか緑とか、夕暮れに溶けそうなスミレの色とか、誰もいない場所の朝ぼらけの色とか）の服を着ている。こわいほど頭がよく、その頭のよさがはっきりわかる顔つきをしている（が、挿絵によっては耳がとがっていることもある）。妖精はいつも落着いている。決して（まあ、ほとんどの場合）大声をださない。大声などださなくても、声が特別だし深遠なことを言うので、誰の心にも届いてしまう。意外に社交的で、人間も音楽も好きらしいのだが、陽気とか賑やかといった形容は断じてあてはまらない。あくまでも密やかな生き物。どこに現れても不思議はないが、会いたいときに会えるとは限らない。妖精には、善悪も性別もない。不明なのではなく、ないのだ。すくなくとも、人間界に流通しているようなそれは。とっくに超越している。だから敵でも味方でもなく、人間をたすけることもあるが、困らせることもある。物語を最後まで読んでも、妖精の生態や暮しぶりはあきらかにされない。なぜそんなこと

（人間をたすけたとか、困らせたとか）をしたのかもわからないし、過去も年齢も家族の有無も推し量れない。そして、妖精は死なない。

私は、宇野さんの肉体の構成成分は物語に違いないと思う。ルーツはたぶん、太古の昔まで溯り、だからたぶん、古事記とか、神曲とか。

そういう肉体である以上、宇野さんの左手から生れる線は、そもそも人間界に属していない。生れたそれは、するすると立ちあがる。イラストレーションはそこにあるのに、そこは、すでにそこではない場所だ。温度と、空気の質も違う。ああ、いますぐそっち側に入って行かれたら、と、絵の前で、私はしばしば焦がれる。いったんそちら側に入ってしまえば、すべての物語が地続きのはずで、たとえば私は『おおきなひとみ』という絵本の最初の頁が好きで、ときどきひらいて眺めるのだが、ここにある海は、「望郷」の最後に汽笛が鳴った、かわいそうなペペ・ル・モコの、あの海とつながっていると感じる。「自分のかいた海へ投身自殺しようとして、毎日毎日青い海の絵ばかりかいている画家」が、いくらかいても絵は絵なので身投げができず、絶望して、とうとう「ほんものの海」にとびこむ、あの海とどこかでつながっていると感じる。ここにあるインク壺は、「パリ河岸からの絵葉書」にでてくるインク壺だろうかと考えるし、ここにいる黄色い服の女の人は、かつて「毎晩毎晩、海へ来てはバケツで海の水をかきだしている一人の女の子」だった彼女かもしれないし、そうではなくて、「いままでのストッキングには、もう天の川ほどたくさんの伝線があったので、アポリネールの詩集を売って」、新しいストッキングを買った少女の方だったかもしれない、とも考えてしまう。いずれにしても、彼女のいるこの絵の場所から少し歩けば森があるはずだし、その森には、『美女と野獣』の野獣の住む城があり、「貧しいきこりの一家」が住む小屋もあるはずだ。夜になれば、そこに月がのぼるだろうし、そうなれば当然、あの月が欲しいと言って、お姫さまが泣くだろう。

その昔、小学校の図書室で、『さよなら子どもの時間』と『たくさんのお月さま』という二冊の本に出会って以来、私はさまざまな物語世界に、宇野さんの絵を通り抜けてでかけた。あまりにも何度もでかけたせいか、それともながくとどまりすぎたせいか、いまでは、その場所が私の内側にあるような気がしている。

——『宇野亞喜良クロニクル』所収（グラフィック社　2014・11）

優雅ということのたくましさ――クレイグ・ライス　この三冊

①　幸運な死体　小泉喜美子訳（ハヤカワ・ミステリ文庫）
②　居合わせた女　恩地三保子訳（ハヤカワ・ポケット・ミステリ）
③　スイート・ホーム殺人事件　羽田詩津子訳（ハヤカワ・ミステリ文庫）

ジェーク・ジャスタス、ヘレン・ジャスタス、ジョン・ジョゼフ・マローン。この三人くらい優雅で愉快な人々を、私は他に知らない。クレイグ・ライスの三冊をあげるなら、まず、この三人の活躍するシリーズから、『幸運な死体』を。

私はこのシリーズから、ほんとうにたくさんのことを学んだ。人生で大切なのは友達とライ・ウイスキーである、ということや、やりすごすべきことと受け入れるべきこと、勇気は必要に応じて発揮し、ウィットはつねに発揮すべきだということ。

シカゴの街を舞台に、三人がまきこまれ、くぐりぬけ、やがて鮮やかな思い出の一つに収める数々の事件の顚末《てんまつ》は、きわめて印象深いサブ主人公の性格と共に、読む者にとって一冊ずつが

「特別な場所」になる。

ライスの小説には、いつも質のいい人間がでてくる。そして、その人の人生はその人に似ている。

二冊目は『居合わせた女』。夜の遊園地、というものの哀しい陽気さと不穏な気配、日常性と非日常性、ふいにのぞく暗さと静けさを、見事に閉じ込めたミステリだ。文章は繊細かつ大胆。ひっそりした一冊ながら、秀作。

三冊目はむずかしいところだけれど、『スイート・ホーム殺人事件』を。「あたし、元気になろうと思えば、すぐ元気になれるの」というセリフを吐く十二歳の金髪少女エイプリルは、未来のヘレン・ジャスタスといえよう。ライスは魅力的な女性を書くのが天才的に上手い。「私は人間のひとりひとりが、意志通りに、大きな仕草で自分の人生を描くのだと思うわ。鮮やかな、決定的な方法で」と言ったのはフランソワーズ・サガンだが、ライスの小説に、これ以上ぴったりの形容はない。

読むたびに、優雅、ということのたくましさを思う。

——「毎日新聞」（2001・6・24）

文豪の朗読1

佐藤春夫「秋刀魚の歌」

温和な声だ。感情を込めない、さっぱりした読みぶり。こうでなくちゃ、と思う。「秋刀魚《さんま》の歌」は、静かで哀しい恋愛（の喪失）の詩で、背景にはかの有名な小田原事件（一九二一年）がある。佐藤春夫が谷崎潤一郎の妻を好きになり、谷崎が妻を譲ると約束し、にもかかわらず約束を反古《ほご》にしたために、佐藤が谷崎と絶縁した、というのがその事件の顚末で、その後、谷崎は佐藤にほんとうに妻を譲ってしまう（これは一九三〇年のことで、細君譲渡事件と呼ばれている）のだが、「秋刀魚の歌」が書かれたのはまだ譲られる前、好きな女が夫の元に戻ってしまった、哀しい時期である。

詩のなかで、男は「夕餉《ゆふげ》」に「ひとり」「さんまを」たべている。以前には、「人に捨てられんとする人妻」と、「愛うすき父を持ちし女の児」と、一緒に食卓を囲んだこともあったのに。「秋風よ／いとせめて／証《あかし》せよ　かの一ときの団欒《まどゐ》ゆめに非《あら》ずと」という一節は寒々しく淋しい。

が――。若いころに書いた（そしてスキャンダルとして取り沙汰された）その恋愛詩を、いい感じに老いた（これは私の主観です）佐藤春夫は生真面目に、あっさりと、飄々《ひょうひょう》と読んでいる。

やさしいけれど乾いた声で、まるで自分で書いたのではないものを読むような、つきはなした読みぶりで。

録音されたのは一九六一年。若い日の恋情もいざこざも、もう秋風のかなただったろう。センチメントのちりばめられたこの詩の外側を、時間が流れていくのが聞こえるような、しみじみした朗読だ。「さんま、さんま、/さんま苦いか塩《しよ》つぱいか」。書き手の記憶とも〝事件〟とも関係なく、詩は読み継がれている。

佐藤春夫は小説も繊細ですばらしいのだが、詩のなかでの方がより大胆で自由だった人に思える。物語性の高いビビッドな詩を、他にもたくさん書いている。

――「朝日新聞」(2016・5・15)

＊参考資料

秋刀魚《さんま》の歌

あはれ
秋風よ
情《こころ》あらば伝へてよ

——男ありて
今日の夕餉《ゆふげ》に　ひとり
さんまを食《くら》ひて
思ひにふける　と。

さんま、さんま
そが上に青き蜜柑《みかん》の酸《す》をしたたらせて
さんまを食ふはその男がふる里のならひなり。
そのならひをあやしみなつかしみて女は
いくたびか青き蜜柑をもぎて夕餉にむかひけむ。
あはれ、人に捨てられんとする人妻と
妻にそむかれたる男と食卓にむかへば、
愛うすき父を持ちし女の児は
小さき箸をあやつりなやみつつ
父ならぬ男にさんまの腸《はら》をくれむと言ふにあらずや。

あはれ
秋風よ

汝《なれ》こそは見つらめ
世のつねならぬかの団欒《まどゐ》を。
いかに
秋風よ
いとせめて
証《あかし》せよ　かの一ときの団欒ゆめに非《あら》ずと。

あはれ
秋風よ
情あらば伝へてよ
夫を失はざりし妻と
父を失はざりし幼児とに伝へてよ
——男ありて
今日の夕餉に　ひとり
さんまを食ひて
涙をながす　と。

さんま、さんま、

さんま苦いか塩《しよ》つぱいか
そが上に熱き涙をしたたらせて
さんまを食ふはいづこの里のならひぞや。
あはれ
げにそは問はまほしくをかし。

文豪の朗読2
大佛次郎「帰郷」

名前の字面《じづら》や風貌から、もっと重々しい声を想像していた。こんな声だったのか！　とだからまず驚いた。高い、線の細い、軽やかな声。ちっとも文豪ぶらない声だ。文豪なのに。

その軽やかな声を衒《てら》いなく素直に張って、作家が朗読しているのは父と娘の再会の場面で、地の文よりもセリフが多く、そのせいかちょっとラジオドラマみたいに聞こえる。

編集部の人に聞いて知ったのだけれど、「帰郷」は、いま入手するのがやや困難な本なのだそうだ。残念なことだ。おもしろいのに。そして、小説の書かれた昭和二十三年によりもむしろいま読んだ方が、大佛《おさらぎ》次郎という人がどのくらい確かな目を持っていたかがたぶん、より鮮明にわかるのに。

自選集のあとがきのなかで、大佛次郎はこの小説を、「敗戦の後のアメリカ軍の占領中に書き、公然としたものでない実力的な検閲下におおっぴらに新聞に連載されたもの」だと説明し、新聞小説というものの性質上、一部のインテリ層以外の人たちにも愉しんでもらえるように心掛けて書いたとも述べている。本意ではないことも多かったに違いない。でも、その結果この小説が書かれたのだとすれば、それはすばらしいことだ。たしかに「帰郷」の筋立てはわかりやすいが、文章は自然に優雅で、あちこちに、作者にとっての真実だと思われることや、当時の現代人への批評、日本の歴史や文化に対する考察、哲学的独白、個人と社会をめぐるヨーロッパ的な思考、といったいろいろがひっそりと埋め込まれ、きれいなおはじきみたいに光っている。筆と知性に余裕がなければできないことだ。

好き勝手に書けなかったからこそ抑制がきき、この人が若い頃に傾倒したというフランス文学にも通じる諧謔《かいぎゃく》や軽みが漂ったのかもしれない。重々しくない朗読は、そう考えると、驚くようなことではなく、いかにもこの作家にふさわしいことといえるのかもしれない。

――「朝日新聞」（2016・6・19）

文豪の朗読3

室生犀星「鐵集」

訛《なまり》のある声で訥々《とつとつ》と、詩人は『鐵 集《くろがねしゆう》』からいくつかの詩を選んで読んでいる。緊張しているのか、ときどきつっかえながら、あまり嬉しくなさそうに。そのソノシートがつけられた雑誌によれば、犀星はこの録音のために三日前から朗読の練習をしたそうだ。「私はこれらの詩の朗読中は、神妙に無心でやつた。公《おおや》けの自作朗読ははじめてであつて、これは私の死後にくり返されて、聴くひともあるのであらう。一詩人の生涯といふものは全部の作品を挙げて、死後のささやきとなり文学的遺言のやうなものに、なるのではないか」とも書かれていて、ある種の覚悟を持って臨んだ録音だったことが窺える。きっと、とても真面目な人だったのだろう。

山の景色を描写した、荘厳だけれどやや退屈な二編の詩のあとで、「これは、さっきからの詩と変った、詩でありますが」と、ごく小さい声で、ふいに言葉をはさんでから朗読される「映寫《えいしゃ》機《き》」という一編がおもしろい。この詩のなかで、「僕」は「ブランコに逆さまに下がる」。すると「人生観も遠近法も一變」し、「僕は出鱈目《でたらめ》になり」、「映寫機を叩きこはす」。他の詩とは趣の違う、動的な詩だ。

「めまひを感じながら／支離滅裂な景色を繼ぎ合はしてゐる」という最後の二行の、ほどけた素直さも気持ちがいい。堅物感溢れるこの詩人のなかに、こんな気分もひそんでいたのだと思うと新鮮な気がする。

その二つあとに朗読される「地球の裏側」にもブランコがでてくるから、たぶんこの人はブランコが好きだったのだろう。そこでは「木の葉にすれすれになるところまで」ブランコに運ばれた「僕」が、「女にふれるやうに」「木の葉に頰を擦り寄せる」。みずみずしい。

『鐵集』の序文には、「僕は後にまた最早《もはや》詩集をまとめる氣持をもたない。何故かこの集で僕の詩の絶へることを希んでゐる」と記されているが、そんな老人ぽいことを言うにはみずみずしすぎる。

——「朝日新聞」（2016・7・24）

＊参考資料

映寫機

ぼくはブランコに飛び込む。
ブランコに逆さまに下がるのだが、
そこで人生觀も遠近法も一變する。

僕は出鱈目になり、
僕は映寫機を叩きこはす、
機械は粉微塵にこはれてしまふ。
僕の想像力は稀薄になり、
めまひを感じながら
支離滅裂な景色を繼ぎ合はしてゐる。

地球の裏側

ブランコは快活で、
木の葉にすれすれになるところまで、
僕を運んで吳れる。
僕は女にふれるやうに、
木の葉に頰を擦り寄せる。
僕は地球を幾廻りかする。
僕は地球の裏側まで見てしまふ。

文豪の朗読4

吉行淳之介「娼婦の部屋」

吉行淳之介は、彼以前にも彼以後にも類を見ない、繊細で独特で、果てしなく寂莫《せきばく》とした、風味のいい作家だ。彼の小説にでてくる男たちはみんなつかみどころがなく、女たちはなおのことつかみどころがない。登場人物同士の理解の放棄は前提であり、そこから初めて見えてくる景色が、吉行淳之介の小説世界だ。うかつに足を踏み入れれば、読者はすばらしい目に遭う。

二十代の雑誌記者である「私」と娼婦の「秋子」との、愛情とも友情とも肉欲のみとも言いきれない交流（そもそも吉行作品において、関係や感情に名前をつけようとするのは愚行だし、愚行以前に不可能なことだ）を描いた「娼婦の部屋」は、ラストがとりわけ見事な一編で、主役二人の仕方のなさと、娼婦秋子の、無邪気と区別のつかない寄る辺のなさが、「オバさん」という言葉や「臙脂《えんじ》色の眼鏡」、「算盤《そろばん》」といった小道具によって際立ち、さらに「私」との哀しくもあっけらかんとした会話が、雨上がりみたいに鮮烈な印象を小説に与えているのだが、生気に満ちたその見事な終盤部分を、ぼそぼそと、疲れたような、終始おなじモノトーンの声で、おもしろくもなさそうに作者は読む。

読めと言われたから読んでいる、という風情のそれは朗読で、誰かに聞かせようという意志はまったく感じられない。できるだけ何も伝えまいとしているのだと私は思う。そして、それは正しい、と言いたい。

作家は一作ずつの小説によって、読者をできるだけ遠くにいざなう。その一作が書かれるまでは、誰も行ったことがない、遠くに。だからいたずらに肉声による橋渡しなどしてその距離を縮めるわけにはいかない。

何の手がかりもない茫漠とした場所でこそ彼の小説は読まれるべきなのだ。そういう場所でのみ登場人物たちは人一人分の妖気や謎を立ちのぼらせるのだし、まさにそれが、彼の書いているものなのだから。

——「朝日新聞」(2016・9・4)

文豪の朗読5

遠藤周作「おバカさん」

終戦から十数年後の東京に住む兄妹のところに、一人のフランス人がやってくる。馬のように顔の長い、おっとりした、人の好い青年で、ガストンという名前だ。もともとガストンのペンフレンドだった兄は最初から彼に好感を持つのだが、株が趣味（！）でリアリストで現代っ子の妹の目に、ガストンはいかにも頼りなく、弱々しく、情《なさけ》なく見える。古き良き昭和の、コメディタッチのファミリードラマ風に始まるこの小説は、でも途中からみるみる不穏なことになる。愚連隊、売春婦、謎の老人、犬さらい、殺し屋、といった人々が登場し、まさかのどんぱちがくりひろげられる。巻込まれるというより、半ば進んで社会の暗部に分け入り、ひたすら人を信じ、善を為そうとするガストンとは何者なのか――というのが「おバカさん」のあらすじで、そこにはもちろん、作者の生涯のテーマだったキリスト教の思想がある。

朗読されるのは、危険もかえりみずに殺し屋を追って山形に旅立つガストンと、最初のうち彼をばかにしていた、リアリストの妹との別れの場面だ。場所は上野駅。

驚くほどの早口で、奇妙な息のながさで、かなり聞きとりにくい棒読み。けれど小説と見較べながら聞くと、あちこちで作者が文章を瞬時に（！）微調整しながら読んでいることがわかる。「改札口」という言葉が二度続けて出てくるところでは二度目を省いているし、「痛いほど胸をしめつけた」の前には「ふいに」が差しはさまれている。芝居のト書きっぽい部分（くつの音、げたの音、くつの音、げたの音）は思いきりよく割愛され、二度続く「バカじゃない」も、一度で十分と判断したのか、一度しか読まれない。きわめつけは「ほんとにすきでした」で、「ほんっとうにすきでした」と、わずかにだが確かに、力を込めて発音されている。

聞き手には不親切だが、作品には愛のある朗読なのだった。

――「朝日新聞」（2016・10・23）

文豪の朗読6

谷川俊太郎「理想的な詩の初歩的な説明」「かっぱ」など

すっきりした声による、明晰な朗読。声が言葉と一体化している。無駄なものが何もないのがおもしろい。〝理想的な詩の初歩的な説明〟という、いかにも谷川俊太郎的な題名の詩のなかに、「詩はなんというか夜の稲光《いなびか》りにでもたとえるしかなくて／そのほんの一瞬ぼくは見て聞いて嗅ぐ／意識のほころびを通してその向こうにひろがる世界を」という一節があるのだが、この詩人の朗読を通して、私たちもまた、それぞれの詩を見て聞いて嗅げてしまう。これはとても稀有《けう》なことだ。なぜなら、普通、肉声には逡巡や含羞《はにか》みや体温や感情が混ざるからで、それはそれで貴重ではあるにしても、文字だけでできた詩や小説そのものにとってはやはり余分なものだからだ。でもこの詩人の場合、その余分がない。肉声に、逡巡も含羞みも体温も感情も混ぜずに発音している。すごい。そんなことができるものだろうか。もしかすると、この人は普段、「ネリリし」たり「キルルし」たり「ハララし」たりしている宇宙人なのかもしれない。あるいは、詩人というのはそもそも「もの言わぬ一輪の野花」だから、逡巡も含羞みも体温も感情も持たないのかもしれない。

というわけで、一編ごとに（たぶん詩の言葉と詩人の同化現象によって）空気が変る。〝二十億光年の孤独〟の透徹した軽やかさ、〝鳥羽1〟のしっとりした重み、〝おばあちゃんとひろこ〟のあわあわした哀しみ。

なかでも必聴なのは〝かっぱ〟で、これはもうただごとではない完成度の朗読である。可笑しい。何度も繰り返して聞いてしまうこと請け合い。言葉遊びなのだから当然かもしれないが、わかっていてもつい笑ってしまう。声とひらがな、リズムと音。文字を見ながら聴くと、目から入る情報と耳から入る情報が渾然《こんぜん》一体となる。それは、自分に肉体があることを忘れてしまいそうに軽やかな体験で、とても気持ちがいい。

——「朝日新聞」（2017・1・8）

*参考資料

理想的な詩の初歩的な説明

世間からは詩人と呼ばれているけれども
ふだんぼくは全く詩というものから遠ざかっている
飯を食ったり新聞を読んだり人と馬鹿話をしている時に限らない

詩のことを考えている時でさえそうなのだ

詩はなんというか夜の稲光りにでもたとえるしかなくて
そのほんの一瞬ぼくは見て聞いて嗅ぐ
意識のほころびを通してその向こうにひろがる世界を

それは無意識とちがって明るく輝いている
夢ともちがってどんな解釈も受けつけない

言葉で書くしかないものだが詩は言葉そのものではない
それを言葉にしようとするのはさもしいと思うことがある
そんな時ぼくは黙って詩をやり過ごす
すると今度はなんだか損したような気がしてくる

詩の稲光りに照らされた世界ではすべてがその所を得ているから
ぼくはすっかりくつろいでしまう（おそらく千分の一秒ほどの間）
自分がもの言わぬ一輪の野花にでもなったかのよう……

だがこう書いた時
もちろんぼくは詩とははるかに距《へだ》たった所にいる
詩人なんて呼ばれて

かっぱ

かっぱかっぱらった
かっぱらっぱかっぱらった
とってちってた

かっぱなっぱかった
かっぱなっぱいっぱかった
かってきってくった

文豪の朗読7

高橋たか子「きれいな人」

親交のあるフランス人女性（名前はシモーヌ）の百歳の誕生日パーティに招かれて、語り手である七十歳前後の日本人女性が、日本からフランスにでかけて行く。パーティの席上で、招待客に詩集が配られる。シモーヌが若いころから書きためてきたたくさんの詩のなかから、孫娘が選んでまとめた記念の詩集で、主人公は滞在中にすこしずつ読むのだが、それらの詩が、この小説の重要な一部になっている。とはいえ、「きれいな人」というこのユニークかつ自由な構造を持つ小説のほとんどは、シモーヌでも主人公でもないフランス人女性（名前はイヴォンヌ）の記憶と語りでできている（！）。語られるのは、ほとんど百年近くにわたって彼女が愛してきた一人の男性のことだ。

高橋たか子の朗読は、小説の終盤、滞在を終えた女性主人公が、シモーヌの詩を幾つか読んでから屋敷を辞去する場面。だから詩と小説の両方の朗読が聞ける。

エアリーというか、透明な空気感のある朗読である。かぼそいのに芯の通った声で、「ふしぎ、ふしぎ、この、わたし」と、老境のシモーヌが書いたことになっている詩の一節を読まれると、どこか遠くに心をさらわれそうになる。遠くというのが百年前のフランスなのか、もっとべつな、この世ならざる場所なのか、わからなくなる。

詩から地の文への移行のしかたも〝ふしぎ〟な具合に自然で、聞き手は、気がつけば屋敷の玄関前にふわりと着地して、別れの場面を目撃し、彼らの挨拶の言葉などを聞いている。

たんたんとした朗読は、特別上手いわけではないのだが、「思い出に保険を？」と「思い出に保険を！」の「？」と「！」をもきちんと読み分ける、静かで丁寧な読みぶりは耳に心地よく、著者の声が、登場人物みんなの声を含んだ、小説そのものの声であるように感じられる。

——「朝日新聞」（2017・2・26）

マジカル——川上未映子

子供のころ、家の近くに野すみれの群生する場所があった。夕暮れにその場所に立っていると、まわりにたくさんいるしじみ蝶と小さな花々の区別がふいにつかなくなる瞬間がくる。どんなに目を凝らしていても、ほんとうにふいにくるのだ。やがてその瞬間がほどけて蝶がまた蝶に見え、ひらりと動いたりするのだけれど、じっと見つめているうちに、またその両者は溶け合ってしまう。私はいつも、惚《ほう》けたようにそれを見ていた。友達が帰ってしまってもその場から動けず、息をつめ、ただ目を凝らして。小学生時代の数年間のことだが、誰とどんなふうに遊んだ記憶より、その時間の記憶が強い。暗くなり、すみれも蝶も闇に沈んでしまうまで立っているので、探しに来た母親によく叱られた。叱られてもまったく反省しなかったのは、自分が選んでしていることではなく、する以外にないことだからしているのだ、としか思えなかったからだ。根拠は不明ながら、その通りだったといまでも私は確信しているし、時間を忘れ、ぽっかり心を奪われて、そこにいるのにいなくなっている、という状態の自由さと安心を憶えている。こわさはすこしも感じなかった。私がどこかへ行ったのではなく、どこかがここに出現しているだけなのだから。

川上未映子さんの小説を読むことは、あの夕暮れに身を置くことに似ている。ひとことで言ってしまうとマジカルなのだ。

ご本人に何度かお会いしていてもなお、川上未映子さんが生身の肉体を持った一人の人間であることが、私にはどうも納得がいかない。生身の人間に、あんなふうに言葉をマジカルに——天然資源の奔流的な、野蛮さとのびやかさをもって——扱えるものだろうか。私は川上さんの新刊を読むたびに驚愕し、この人は何？　精霊？　妖怪？　言葉の化身か何かなのか？　と思う。

鮮烈きわまりないデビュー作だった『わたくし率　イン　歯ー、または世界』に始まり、一冊まるごと全部が言葉にならないはずのものでできている、繊細な生気に満ちた短編集『愛の夢とか』を経て、幾つもの夏が光もろとも圧縮されたかのような、起爆力絶大な新刊『夏物語』に至るまで、そもそも人為的なものであるはずの言葉が、そこでは人為を軽々と離れ、まるで言葉そのものの意志か、何らかの必然によって本のなかに忽然と存在しているかのようだ。

文字は二次元なのにその場所は立体的で、だから空気が動くし、そのときどきの匂いもする。それが作者の力量なのだと言われればその通りだとこたえるしかないし、事実川上未映子という作家の技術とセンスに私はつねづね圧倒されているのだが、それでもこれが力量だけでできることのはずはない、という疑いを捨てきれない。なにしろこの人の小説には計算ではあり得ない巧みさというか、野放図にはみだした巧みさとでもいうべきものが横溢している。そして、それは私の意見では、自然界の秩序や不思議さと通底しているのだ。川上未映子さんの書く言葉はいきのいい小川みたいにはじけ、ほとばしる。それを読む快楽は私に、遠い昔の読書体験を思いださせる。野すみれとしじみ蝶に見入っていたのとおなじころ、ある種の児童文学を読むと、自分あての手紙を受け取ったような気がしたものだったのだが、大人になってからはほとんど得られたためしのないその個人的かつ神秘的な伝達の感触が、川上さんの小説にはくっきりとあるのだ。

それは、なんというか、小説にじかに囁かれ、夜に一人で戸外におびきだされるような感じだ。思いきって、というような決断もなく、ごく自然にするっとでて行くと、そこにあるのは自分と世界だけ。いつまでもそこにいられるし、どこまでも本のなかを進んで行かれる気がする。そのひそやかさと確かさ。帰ってきた、と言いたいような、自分がいるべき場所にいるという感覚。本の外側はたちまち色も意味も失い、本のなかだけが唯一の現実になる。それは儚く、永遠の対極にあるもので、だからこそ本質的に、マジカルなのだ。

——「文學界」(2019・8)

金原ひとみさんのこと

すこし前に久しぶりにお会いした金原ひとみさんは、以前よりもよく笑い、たくさんたべて、たくさん言葉を発してくれた。たくさん言葉を発してくれたのは、対談という仕事だったから仕方なくだったかもしれないが、それでも私の記憶にある彼女とはあきらかに違って、外向きのエネルギーがでているように感じた。昔、というのは二十年くらい前だけれど、私は金原さんを、死んでも人馴れすまいと決めている子猫みたいな人だと思っていた。もちろん、それはとても魅力的な佇いだった。じっと周囲を観察し、猫なで声で近づいてくる人間を強く警戒（もしくは軽蔑）し、絶対にかわいい声で鳴いてやったりしないぞという決意の滲んだ顔をして、さしだされた猫じゃらしを「なにそれ」的に黙殺し、ありあまるエネルギーを内側に秘めている子猫――。

あれからずいぶん時間がたち、結婚や出産や海外移住やその他いろいろを経験されて、金原さんがあかるく社交的に（いわばまるく）なったと考えるのは、でもはなはだしく早計だと、長年の愛読者である私は知っている。『腹を空かせた勇者ども』でも『デクリネゾン』でも、『アタラクシア』でも『アンソーシャル ディスタンス』でも、最近の彼女の小説を読めばすぐにわかる。

ますます猫の目が輝き、爪が鋭くなっている。

私がいつも陶然となるのは、小説を構成する言葉一つ一つの精度の高さと驚くべき緊密度、熱量、そして妥協も容赦も躊躇もない突き進み具合で、読むたびに読む喜びにふるえる。同世代の作家のなかで、たぶん作家としての体力が桁違いなのだ。〝共感〟に重きを置いているように見える作家が多いなかで、〝共感〟になど目もくれず、一人で、〝その先〟へ行こうとする勇敢さがすばらしい。

加えて、金原さんの小説にはいつも、いまという時代が新鮮な血液みたいにすみずみまで流れている。それが必然であるところに、この人の身体性がある。

というわけで、ますます鋭く（危険なまでに）とがっていく金原さんの仕事から私は目が離せないのだが、では最初に書いた印象の差――昔より健全そうな、外向きのエネルギー――はどういうことなのかといえば、たぶん、成猫として彼女が身につけたスキルなのだろう。狩りとか木のぼりとか車道の渡り方と同じように。

つまり金原さんはいまも、死んでも人馴れすまいと決めている猫（ただし、子猫ではなく成猫）のような人だ。じっと周囲を観察し、猫なで声で近づいてくる人間を強く警戒（もしくは軽蔑）し、絶対かわいい声で鳴いてやったりしないぞという決意の滲んだ顔をして、さしだされた猫じゃらしを気怠《けだる》げに黙殺しつつ、エネルギーだけはたまに外にも向ける猫――。その証拠に、すこし前におこなった対談の写真撮影のとき、「笑顔で」とか「笑って」とか「もうすこしやわらかい表情で」とか、「ふわっと」とか「にこっと」とかカメラマンの女性が言い続けたにもかかわらず、言われるままにぎくしゃくとした笑み（もどき）を顔に貼りつけていたのは私だけで、出来上がった写真のなかの金原さんは、どれも見事なまでに無表情だった。さしだされた猫じゃらしに興味のない猫が、「は？　何ですか、それ」と言っているような硬質な表情。それがとても気高く美しく、私はまた胸を打たれたのだった。

――「ユリイカ」金原ひとみ特集号（2023・11）

私は願う

——アンドレ・ケルテス『ON READING』（マガジンハウス／新版『読む時間』渡辺滋人訳　創元社）

『オン・リーディング』は小ぶりで静かな写真集で、私はこの三十年、仕事机から手をのばせばすぐ取れるところに置いている。べつに毎日眺めるわけではないけれど、そばにあるだけで落ち着く。そういう本だ。写真家の名前はアンドレ・ケルテス。

タイトル通り、何かを読んでいる人の写真だけが集められている。すべてモノクロで、だからこそ光も影も美しい。ぼろぼろの服を着て裸足で、おもてで友達と頭を寄せ合って一冊の本を読む少年の写真がある。優雅な書斎で本を読む紳士の写真も。戸外のゴミ入れの上に新聞を広げ、家まで待てないかのように目を凝らす男性や、屋根の上で日光浴しながら何かを読む、のびやかな姿態の女性の写真も。公園で、川べで、店先で、街角で、ベランダで、電車のなかで、みんな何かを読んでいる。いちばん古い写真は一九一五年、いちばん新しい写真は一九七〇年に撮られている。アメリカで、フランスで、日本で、ハンガリーで、アルゼンチンで、イタリアで。どの写真からも、時代の空気や街の息吹、人々の生活の手触りが伝わってくる。読んでいる人たちは本に没入しているので、そこにいるのにいないみたいだ。

最後の一枚は、ホスピスのベッドで何かを読んでいる老女。

読書など平和なときのもの、と私は思わない。むしろいきなり平和な日常が奪われたとき、人はそれまで以上に切実に、読むことを必要とするだろう。たとえば大切な人からの手紙を、やっと手に入った新聞を、手放せなかった一冊の本を、逃げるときに荷物につめた、子どもの気に入りの絵本を。

戦争という異常事態にある場所に、読むものがありますようにと私は願う。あっても何かの解決にはならないし、正しい情報を伝えたいという志あるジャーナリストは殺されてしまうかもしれない。それでも人が正気を保つために、読むものがありますようにと私は願う。現実逃避でも何でも構わないではないか。

――「BOOKMARK」(2022・6)

信頼

　三十年くらい前に公開された「トラスト・ミー」という映画は、きわめて無器用な（いまならばオタクというものに分類されるのかもしれない）男女二人のラブストーリーだった。監督はハル・ハートリーで、画面が不思議な暗さをたたえ、主役二人の地味さ加減が絶妙で、新鮮かつチャーミングな佳作だったが、そのなかにこういう場面があった。

　主人公の女の子は驚くほど小柄で、男の子はかなり大きい。二人のあいだに友情のようなものが発生したとき、がらんとして荒れた土地に建つ廃屋（だと思うのだけれど、あれが何だったのか、映画を観てから時間がたちすぎていて判然としない）の屋根に、女の子がいきなりのぼる（たぶん、その建物には外階段がついていたのだ）。両腕を水平に広げてうしろ向きに立ち、下にいる男の子を見もせずに、仰向けに倒れるみたいな恰好で、そのまま地面に落下する。男の子は驚愕し、あわてて、そして辛うじて、女の子を抱きとめる。ほっとしたのもつかのま、地面におろされた女の子は、次はあなたの番、と言う。無論、男の子は固辞する。心底怯えた表情で。身体の大きさも腕力も全然違うのだ。でも女の子は平然として言う。わたしを信頼して、と。

私がこの映画を好きなのは、信頼するということの、すさまじいリスクと難しさ、それがほとんど狂気の沙汰だということを、ユーモアを交えつつも容赦なく描いているからだ。だからこそそれが、奇跡みたいにすばらしいことも。

愛においても友情においても、いちばん稀少でいちばん揺るぎなく、いちばん誇らしくていちばん心強く、いちばん豊かでいちばんかけがえのないものが信頼だと思う。

一方、小説家というのは疑うことからしか始まらない仕事であり、たぶん人種でもあって、およそありとあらゆるものを疑う。巷に溢れる情報とか既存の価値観とか、道徳とか常識とか、自分の言っていることとか。

どうしてこんなことになったのかと考えてみて、小学生のときの体育の授業と関係があるのかもしれないと思いあたった。当時、二人一組になって片方がうしろ向きに倒れ、もう一方が両手で背中を支えるという訓練（？）があり、私はそれが苦手で、勇気をもって取り組まず、なぜこんなことをさせられるのかわからない、と思っていたのだが、たぶんあれは信頼の練習、いつか廃屋の屋根から、無謀にも果敢に、うしろ向きに飛ぶ練習だったに違いない。

――「週刊新潮」（2021・7・1）

Ⅱ

本を読む日々

ジョン・アーヴィング　小竹由美子訳
『あの川のほとりで（上・下）』（新潮社）

何て深く耕された物語だろう。驚愕する。言葉を失う。というより、言葉でいっぱいになって、温かく、この上なく、満たされてしまう。ふーっ、とため息をつくのがやっとだ。だからほんとうは、誰にも言いたくない。「ケッチャム」がどんなに特別かということも、「ドーシードー」のことも（アーヴィングの小説がいつもそうであるように、今度の小説にも忘れられない言葉がたくさん埋め込まれている）。どの頁の、どの一文にも物語の血が流れている。どこを切っても物語の肉が切れる。本のなかで、この物語は生きているのだ。

一九五四年のニューハンプシャー州から、この長い小説は始まる。すでに衰退の兆しが見えつつある、小さな林業の町から。そこには荒くれた労働者たちがいる。定住していたり、流れ者だったりする。そして、彼らに一歩もひけをとらずたくましい女たちがいる。

主人公ダニーは、労働者たちに食事を供する食堂の、コックの息子だ。母親はすでに亡くなっている。十二歳のダニーにとって、この土地が世界のすべてだ。男たち、女たち、林業、川、熊や犬、そして食堂。でも、事故が起る。きわめてアーヴィング的な、瞠目すべき事故（ダニーが父親の愛人を、熊と間違えてフライパンで殴り殺してしまう！）が。

父子は町を出る。逃亡生活が始まる。大切なのはあらすじではないとはいえ、二人はまずボストンで暮し、やがてカナダに移り、さらにまた移動する。どちらも誠実な人柄なので、慕われるし、友達ができたり女ができたりする。コックは非常に腕がよく、どの町でも仕事に打込む（その描写がすばらしい。一軒ずつの店の佇い、湯気や匂い、音、活気。人々の働きぶりや誇り、実に実においしそうな、その時々の流行や、地域のお客の生活や好みを想像させる料理。イタリア風だったりフランス風だったり、中華風だったり）。ダニーは店を手伝いながら成長し、結婚したり息子を持ったり離婚したりしつつ作家になる（この、ダニーの作家としての遍歴、および創作作法は、ユーモラスでややシニカルな、余裕ある手さばきでアーヴィング本人を彷彿《ほうふつ》させるように書かれている）。そうやって、父子が生きていくあいだにアメリカも変遷し、ベトナム戦争があり、ツインタワービルの崩壊がある。最終章は二〇〇五年。

それぞれの場所で、人々はつねに生活を営む。本文の小見出しにあるとおり、「事故の起こりがちな世の中」で。歴史がそうであるように、物語も個を超えて進む。個はそこから逃れられない。でも、物語を支えているのはつねに個だ。さまざまな、風変りな、厄介な、魅力的な。たとえばコックの親友であり、ダニーにとって二人目の父親のようなケッチャム、大女で力持ちでタフだけれど、やがて悲しいシックスパック・パム、複数の人間の回想のなかで生き続けるダニーの母親のロージー、それに勿論、熊と間違えられるインジャン・ジェイン。挙げればきりがない。小説の出だしで死んでしまうアンジェロも、気の毒なその母親も、ダニーを出征から守るために妊娠するケイティーも、実力派の料理人たちも、空から降ってくる女も。読んで、一人ずつに出会える喜び！

豊かな、濃密な、おもしろい小説である。あまりにもおもしろかったので、読み終ったあと、他の本を読みたくなくて困った。

この作家とおなじ時代に生きていることを、私はほんとうに幸福に思う。


（「毎日新聞」2012・2・12）

ジョン・アーヴィング　小竹由美子訳
『ひとりの体で（上・下）』（新潮社）

まったくもって、めくるめく。言葉がやってのけるのだ（小説においても、人生のある局面においても）と、たぶんここには書いてある。「鴨はどうなるの？」にしても、「アダージョ」にしても、「十七で懐かしくてたまらないんなら、たぶんあなたは作家になるわ！」にしても。

でも、まず、概要。一九四二年生れの作家の「私」（「今では六十代の後半、ほとんど七十だ」）が過去を回想する形で、物語は語られる。進んでは戻り、戻っては進み、あっちへ飛びこっちへ飛びして、すこしずつ。

回想の中心となる場所は、アメリカ、ヴァーモント州の小さな町だ。その町には図書館があり、主人公ビリーは少年時代にそこで、「ミス・フロスト」という瞠目すべき司書と出会う。彼女によって書物の森に誘《いざな》われ、同時に、「彼女とのセックスを夢想」する。その町にはアマチュア演劇クラブもあり、ビリーの家族は祖母以外みんなそこの、熱心かつ中心的なメンバーだ。ビリーも、だからそこでたくさんの時間を過ごす。そしていろいろ垣間見る。近所の人たちが無防備に露呈する内面を、自分の家族のいつもとはべつな顔を、つまり世間を。

町にはもちろん学校もある。母親の再婚相手であり、「常套句の権化」であるリチャードが英語英文学を教えているその学校で、ビリーはさまざまな少年たちに出会う。「トム」や「トローブリッジ」や「キトリッジ」に。読んだが最後、忘れられなくなるであろうこの少年たちの、なんて生硬でナイーヴで、不恰好でみずみずしく、残酷で、あたり前に特別なことだろう! 私は彼らの学校生活を垣間見られてよかったと思う。興味深くも痛々しい一時期を。

ところで、ビリーには軽い発音障害と、女性のみならず男性にも性的に惹かれてしまうという悩みがある。しかも、女性に惹かれる場合も、同世代の女の子たち(たとえば親友のエレイン)にではなく、母親ほども年の離れた大人の女性に惹かれてしまう。

これは性をめぐる小説で、当時禁忌とみなされていた、同性もしくは両性愛者に対する、善良な人々の不寛容をめぐる小説でもあるのだが、その不寛容で善良な人々のなかには、当事者たちも含まれる。というか、当事者たちこそが、まっさきに自分の不寛容と直面する。

そして、でも、図書館には本が、演劇クラブには芝居が、学校にはレスリングがあって、世界は物語に満ちている。彼らの日々には家族がいて友達がいて、その後はもちろん恋人(たち)もできる。別れがあり、再会があり、時の流れがあり、戦争があり、エイズがあり、変化があり、この世のすべての出来事の、圧倒的な一回性がそこにはある。読んでいてめくるめくのは、その一回性のためなのだろう。

なんといってもすばらしいのは、汁気たっぷりの登場人物たち（そしてディテイル。そして言葉）。演劇クラブの「女優」で、いつも観客を沸かせる「お祖父ちゃん」や、「もっとも美しい体のレスリング選手」であり、全編を通して強烈な存在感を放つ「キトリッジ」（「彼の陰茎は右腿に沿って曲がる傾向があった、というか、異常なほど右を向くように見えた」）。ビリー同様に発音障害があり（彼は時間《タイム》という言葉を口にできない）、のちにビリーとヨーロッパ旅行をする、やさしい「トム」。少年ビリーのポケットや靴のなかに、しょっちゅうスカッシュのボールを隠しては見つけさせ、「ああ、そのスカッシュボールをあちこち探していたんだよ、ビリー！」と言う「ボブ伯父さん」。「舞踏室みたいじゃない」ヴァギナの持ち主で、ビリーの親友の「エレイン」。彼女とビリーの関係は、この小説を貫く光だ。「僕は君のヴァギナ、大好きだよ！」たとえばビリーが彼女にそう言うときの、言葉のまっすぐな届き具合はうらやましいほどだ。ビリーは彼女と何かしようとしているわけでは全然なく、ただ事実として、文字通りの意味で言っているのだが、女性にそう言える男性は滅多にいないし、男性にそう言ってもらえる女性も滅多にいない。

おもしろかったー。

文字通り、心からそう思う。

（「波」2013・11）

池澤夏樹『砂浜に坐り込んだ船』（新潮文庫）

〝往き来自由〟感に溢れた短編集だ。まじですか、と、若者でもないのに若者言葉で驚愕してしまうほど、この本のなかで著者のフットワークは軽く、あらゆる境界をゆうゆうと超えて小説を展開する。この世とあの世、生者と死者、夢と現実、はるかな昔と現在――。その境目はどこにあるのか。どこであれ、あるとするなら、そこは両者の出会う場所であり、物語のひろがる場所だ。たとえばアリスのウサギ穴、ナルニア国の洋服だんす。

表題作「砂浜に坐り込んだ船」のなかで、主人公は死んだ知人と会話をする。体言止めを多用した短いセンテンスの積み重ねによって、いつのまにか、それが自然である場所に読者はいる。連れて来られた自覚すらなく、気がつけばそこにいるのだ。ウサギ穴も洋服だんすも通ることなく。点ではなく線で物事を見るなら、時間も空間も、どこまでもつながっている。そのように物事を見る視野の広さおよび深さは、「マウント・ボラダイルへの飛翔」のなかで語られる、「何枚もの影絵を重ねて見るような」、「無数の時間を重ねて見ている」アボリジニの世界観にも通じるものだろう。主人公がオーストラリアである人物と行き会い、バラムンディのグリルとかバグ・テイルのパスタとか、彼の地の名物料理をたべながら語らうこの短編は、風変りだがキュートで、登場人物二人も、読者である私たちもアボリジニではないのに、実際に幾つもの風景が目の前を去来する。「どこまでも一緒に行きたいと思う強い気持ち」が恋であるという、シンプルで完璧な定義がふいにでてきて虚をつかれたりもする。

読み進むうちに気づくのだが、これはとてもパーソナルな物語集だ。知らないわけではないが、親しいわけでもない相手（ひさしぶりに会った学生時代の友人とか、長年通っているが、個人的な会話はしたことのない歯医者さんとかバーテンさんとか）が、あるとき自分にだけこっそり語ってくれた話、という印象の短編小説がならんでいる。なんで私に？　と戸惑いながらもひき込まれ、好むと好まざるとにかかわらず、一度聞いたら忘れられなくなってしまう。そして、聞く前の状態には二度と戻れなくなる。べつに秘密というわけではなく、でも、あるときある場所に居合せた人にだけ、扉があいて語られる話。その意味で、「アラビアン・ナイト」やハウフの「隊商」にも通じる物語の愉しさがある。

愉しさ——。すべての短編に何らかの形で死や死者が関わり、東日本の震災にまつわる話も二編あるというのに、愉しさという言葉が私にはしっくりくる。

その場所をありありと想像させ、ひんやりした空気に包まれる「上と下に腕を伸ばして鉛直に連なった猿たち」は、死後の世界の話なのにどこかなつかしく、根拠不明だが知っていたと思わせる説得力と、人類の営みのすべてに連なる（いまのところその果ての）個というものを、始めも終りも持たない大きな流れの構成要素として感じさせる喚起力に満ちているし、少年たちが無人島でピザを焼くだけの話なのに心を遠くまでさらわれる「大聖堂」と、この上なくラブリーな短編「イスファハーンの魔神」（うなります。いろいろな意味で跳躍力が高い。好きにならずにいられない一編）は、老練な少年池澤夏樹の面目躍如。

この一冊からこぼれでる愉しさというのはつまり、物語の（あるいは知識の）靴があればどこにでも行かれるという愉しさ――であると同時に、どこまでも行くしかないというかなしみ――なのだ。「この祝福された時間のどこで運命の軸が変わったのだろう？」「風景で狂うのは人間同士の関係に由来する理由で狂うよりいいかもしれない。風景で正気を失うのは実は正気に戻ることかもしれない」「二人で世界を食い尽くしてやろう」「精一杯抵抗してずっと自宅で暮らしてほしい」どの短編にでてくる誰の言葉かはともかく、すべてがつながっている場所、時空を超え、物語がつながり、ひろがるその場所で、なにしろ彼らはそんなことを言うのだ。


（「波」2015・12）

石井桃子『新しいおとな』（河出文庫）

すっきりしたブルーの表紙カバー、「新しいおとな」という小気味のいいタイトル、なんて颯《さつ》爽《そう》とした本だろう。石井桃子以前と以後で、日本の子供の本棚に雲泥の差ができたことは周知の事実だが、この本にはその事実の断片が、丁寧に、清潔に書きつけられている。

初出のいちばん古いものは一九四一年、いちばん新しいものが二〇〇七年なので、六十六年分の断片ということになる。六十六年！　一冊のエッセイ集に流れる時間としてはかなり長いし、そのあいだには、日本人の暮らしぶりも、子供をとりまく環境も、大きく変化している。でも——。この本に登場する子供たちはいまの子供たちとちっとも変わらないように見えるし、ここにでてくる、子供たちの好きな本は、いまもちゃんと書店にならんでいる。いいものがどんどん手に入りにくくなっている、大人の本の世界とは大違いだ。

ファンタジーとは何かをめぐる一章がすばらしい。「ファンタジーとは現実には存在しないふしぎのあらわれてくる物語だ」とした上で、子供は「すぐさま、いろいろなことをおぼえ」、そういうふしぎが現実とは違うことを知るのだが、だからといって、そういう「架空な世界」と「縁を切るわけではありません」、と石井桃子は書く。「子どものなかにはそのようなふしぎを半ば信じ、半ば望む気もち、そうであるふりを楽しむ気もちなどがいりまじって住んでいるからです」、と。

そうであるふりを楽しむ気もち！　なんていう余裕、なんていう大人っぽさ、なんていうエピキュリアンぶりだろう。大人たちも見習うべきだ。

ここには実在の子供たちの、興味深く魅力的なエピソードが幾つもでてくるのだが、その一つに、英語で書かれた絵本を「ぼく、ほら、読めるよ」と言った男の子の話がある。一度（その場で日本語に訳してもらい）、読んでもらったその本を、彼はもちろん「読める」のであり、それは文字ではなく物語を、具体的に言えば絵を、読んでいるのだ。そうやって絵を「読む」とき、そこに言葉は発生するのであって、それは、言葉を覚えるのとは全然べつなことだ。たとえば、「おうまパカパカ」という紋切り型の一文からさえひらけ得る光景の描写——。

この本には、子供と本をめぐる豊かで幸福なことがたくさん書かれている。けれどその一方、いま読むと不穏な予言のように思えることもまたいろいろ書かれている。大学入試に親がつきそっている写真を新聞で見た著者の、「入学試験は、いかにつらくとも、おそろしくとも、若者の一人一人が、キンチョウして、単身出かけたほうが、りっぱではありませんか。それに、それが、あたりまえのことではありませんか」という噛んで含めるような言葉や、「ベストセラー」という一編にでてくる「不信の念」とか「不審」という言葉、「戦後の子どもは、えたいの知れないものに育ちあがるんじゃないだろうか」という誰かの発言について書かれた言葉、などなどを読むと、それらの書かれたのが随分前であることに驚くと同時にぞっとして、いまこそ、いまこそ、多くの人にこれを読んでほしいと、どうしたって私は思ってしまう（ついでに言うと、「本をつくる」「秘密な世界」「本をつくる人」はぜひ編集者に読んでほしいし、「著者と編集者」を読むと、書き手である私は反省せざるを得ない）。

あー、もし私に権力があったら、この本をすべての大人の課題図書にするのになあ。

（「毎日新聞」2014・4・27）

岩瀬成子『真昼のユウレイたち』（偕成社）

真昼のユウレイたち。いいタイトルだなあと思う。幽霊がでるのも、幽霊に怯えるのも夜、という根拠のない思い込みを吹き飛ばしてくれるし、ユウレイたち、とユウレイがカタカナなのも素敵だ。漢字で書くより優雅で開放的な感じがする。

ここには四つの短編が収められているのだが、四編ともに共通して、子供たちの心の動きが繊細に、丁寧に描かれる。蠕動《ぜんどう》ともいうべきかすかなふるえまで、岩瀬さんの筆はのがさない。気遣いや遠慮、苛立《いらだ》ち、驚き、期待、失望、好奇心、ためらい、疑い、かなしみ、諦念、怒り、不安、羞恥――。たえまなく活動中のそのやわらかな心は、でも本人たちにとっては日々の普通のことなので、著者もまたことさらに強調することなく、それら微細な蠕動の一つ一つを、あくまでも淡々と、どうということもないかのように写し取る。そのことの凄み。同時に、周囲の大人たち一人ずつも、子供たちとおなじだけの個性を持った存在として描かれるので――子供が相手でも「児童憲章」を持ちだして話すような、「引かない人」である高美おばさんや、迷子になった息子が見つかったとき、息子は泣いていないのに「わーわー」泣いてしまうお母さん（ああ、わかる、と私は思いきり共感した）、「生きていると、自分の力じゃどうすることもできないことがいっぱいあるの」という厳しい現実と、そのときにできる唯一のことを教えてくれる庭子さんや――、小説世界が風通しよく立体的になる。

タイトル通り、どの物語にもユウレイがでてくるのだが、彼ら彼女らがまたチャーミングなのだ。パイナップルを切ってだしてくれたり、「幽霊としての分はわきまえて」いたり、海のなかで『ふしぎの国のアリス』を読んでいたり、飛行機に乗って移動したりする。そして、みんな恨みによってではなく生きている誰かのことが心配で出現する。だからあまりこわくはないのだが、でも一人一人のうしろにはもちろんそれぞれに重い死があり、一つずつの物語のうしろにも、独居老人や子供の苛《いじ》め、戦争や複合的な家族といった社会の現実が、背骨としてきっちりとある。

それにしても、ここにでてくる人間たちの生身感はどういうことだろう。ユウレイたちと対比するまでもなく、一人一人が血肉を持ち体温を持ち、呼吸するみたいに自然に生気を放っている。理由のひとつは、たぶん声だ。大人たちの、子供たちの、発せられる、あるいは発せられない小さな声。それがみんな物語に編み込まれていて、だから岩瀬さんの作品はいつも、静かなのににぎやかだ。

そして、読むたびに驚かされるのだが、子供たちの口調をこれほど鮮やかに書き分けられる作家を私は他に知らない。大人に対して優等生的に話す（のに、ときどき井戸端会議をする一人前の女性みたいになる）春海や、のんびりと話す上に主語と述語をばらばらにしがちな千可、大人びた口調の春生に、勇ましい調子でぽんぽん喋るかすみ。やさしい、丁寧な口調で話す連の言葉は語尾だけ見れば女の子みたいなのに、聞こえる声も目に浮かぶ姿も伝わってくる性質も少年そのものだ。他に、ほんのすこしだけでてくる「吉川くん」の口調も最高なのだけれど、ここに引用してしまうのはもったいないので、ぜひ読んで確かめてほしい（個人的に、私はこの子が気になって仕方がない）。

いろいろな子供がいて、いろいろな大人がいて、おまけにユウレイたちまでいるこの世のどこかの小さな町で、きょうも静かに確かに、無数の生活が営まれている。


（「Kaisei web」2023・6）

ドン・ウィンズロウ　東江一紀訳
『犬の力（上・下）』（角川文庫）

発熱しそうにおもしろい陰謀小説にして、マフィア小説。息をもつかせぬ展開で、一気に読ませる。大胆で巧妙、そして鮮やか。

アート・ケラー、アダン・バレーラ、ファン・パラーダ、ノーラ・ヘイデン、ショーン・カラン、ジミー・ピッコーネ、ファビアン・マルティネス、アントニオ・ラモス（ほんとうは、もっと書き連ねたい。登場人物はまだまだいるのだ）。未読の人にとってはただのカタカナの組合せ、意味のない固有名詞の羅列だが、この本をすでに読んだ人にとっては怒濤の感懐をよびおこす、一つずつが味わい深い、名前たち。

私は列挙せずにいられない。彼らは登場人物であるばかりじゃなく、この小説の内容そのものだからだ。

描かれるのは、三十年におよぶ月日だ。抗争、かけひき、友情、信頼、家族、裏切り、流血、恋愛、その他いろいろ。とても豊かな物語。メキシコの麻薬組織とアメリカの政府機関の攻防、という、それ自体ドラマティックな枠のなかにさえ、とても収まりきれない豊かさだ。一人一人の生と死の前では、マフィアも国家もちっぽけに見える。

なにしろ三十年だから、これは成長小説とも読める。あるいは転落小説とも。たとえば列挙したなかの一人（のちに冷徹な殺し屋になる）は、読者がはじめて見たときにはたった十七歳の、友達思いの不良少年だったのだし、またべつの一人は少年時代、「愛情あふれる大家族のようなもの」のなかで育った。「母屋の広いポーチでくつろ」ぎ、「網戸付きバルコニーの寝台に、冷水を振りかけたシーツを敷いて寝か」されていた。

ドン・ウィンズロウは実に巧みに、一人一人を読者に見せる。映画のように、写真のように。この人は妻を愛している。この人には病気の子供がいて、この人は神に身を捧げている。この人の好物は桃の缶詰である。さまざまな人生が複雑に交錯する。ある者は死に、ある者は生きのびる。

あまりにもたくさんの死に彩られた小説なので、生が、逆説的に強烈な光彩を放ってしまう。強烈な、そして勿論一つずつ独特の。だからこそ、読後に一人ずつの名前がよびさます感懐が圧倒的なのだ。

この人たちを知っている、もしくは知っていた、と思うこと。

たくさんの血が流れ、たくさんの人が死ぬこの小説はフィクションではあるけれど、メキシコとアメリカという二つの国の、歴史的政治的背景にはっきりと裏打ちされており、あちこちに、さりげなく史実もちりばめられている。プロフィールによると、ドン・ウィンズロウは「ニューヨークをはじめとする全米各地や、ロンドンで私立探偵として働き、また法律事務所や保険会社のコンサルタントとして15年以上の経験を持つ」というから、いろんなことを十分に調べたのだろう。でも私は思う。この作家のすごいところは、それを背景にとどめきったところであり、事実にはたどりつけない場所にまで、フィクションならたどりつける可能性があることを、知っているところなのだと。重たい話なのに爽快なのは、そのせいに違いない。いいやつだなあ、ウィンズロウ。

先が知りたくて頁を繰る手が止まらない、という本は、一度読めばもう先を知っているので二度は読まない場合が多いのだが、この本は違った。実際私は二度読んで、二度目もすっかりひきこまれた。でも――というか、そういう本だからこそ、なのだが――、未読の人が、やっぱりとてもうらやましい。

（「毎日新聞」2010・1・17）

リュドミラ・ウリツカヤ　奈倉有里訳
『陽気なお葬式』（新潮クレスト・ブックス）

チャーミングな人間たちが、ぞろぞろでてくる小説である。一人の男が死ぬ話なのに、本のなかに満ちている（というか、本のなかからはみだしてきそうな気がする）のは死ではなく生だ。人が生きるというのはどういうことか、絵のように目に見える具体性を持って、音楽のように心に触れ、余韻を残すやり方で、ウリツカヤは書いてみせる。

人は生きる時代を選べないし、生まれる場所を選べない。この小説の舞台はニューヨークだが、生粋《きっすい》のアメリカ人というのはでてこない。登場人物の多くは亡命ロシア人であり、そうでない登場人物も、イタリア人だったりパラグアイ人だったりイスラエル人だったりする。人種や宗教、文化による差異を、身をもって体験してきた、いまもしている人たち。

で、真夏の、「うだるような暑さ。湿度、百パーセント」、「すべてがいまにも融解し、半液体となった人々がゆらゆらとブイヨンスープの大気のなかを彷徨《さまよ》っていくよう」なマンハッタンの、あるアパートの一室でアーリクという男が死にかけている。アーリクは画家で、亡命ロシア人だ。部屋には彼の妻の他に、愛人や昔の恋人やその娘や、医者や友人や神父やラビや、その他誰だかよくわからない人までが、来たり帰ったり泊まったり、ほとんど住んでいるみたいだったりし、アーリクに話しかけたり薬を塗ったり、何かたべさせたり音楽を聴かせたりする。死にかけのアーリクを囲んで記念写真（！）を撮ったりもする。一人ずつ誰もに過去があり、アーリクとの思い出があり、現在の生活がある。女たちの色鮮やかさ（脆《もろ》そうな妻、実務的な昔の女、おっぱいの大きな愛人、自閉症ぎみだが賢い十五歳の少女、他にもまだいる）には息を呑むし、それぞれの人生の数奇さ、豊かさ、したたるような物語性とおもしろさには陶然となるのだが、さらにそれらすべての向こうに、アーリクという男の、汲めど尽きせぬ静かな魅力がある。「ねえアーリク、モスクワでの生活って、つらかった？」。十五歳の少女に尋ねられ、アーリクはこうこたえる。「ばかだな、素晴らしかったよ……。おれは、どこにいたって素晴らしい日々を送れるんだ……」。そして、実際にそれを裏づけるようなエピソードが、まわりの人々の回想のなかから幾つもみずみずしく立ちあがってくる。

亡命者というのは故郷と過去の人生を捨てた、あるいは無理矢理それらから切り離された人だと言えるのかもしれないが、アーリクは故郷ごと、人生ごと移動し続けた。だから彼の人生はすべて、いまここにある。真夏のマンハッタンのアパートの一室に。この、いまここにあるという一点の確かさ故に、小説は透徹したあかるさを漂わせる。アーリクだけではない。登場人物の誰もが多くの困難にさらされながら人生ごと生きのびて、いまここにいる。だからアーリクの死にかけているその部屋は、みんなの人生の全部が集まった場所になり、ある種の活気さえ孕《はら》む。

回想場面以外は全編を通じてほとんど寝ているだけのアーリクだが、最後に読者は彼から贈り物をもらうことになる。まるで自分も昔から彼を知っていたかのような、強いなつかしさにたじろぎ、彼を失う悲しみに胸を塞がれながらも、祝福されたように感じることになる（はずだ）。

（「毎日新聞」2016・2・28）

奥泉光『東京自叙伝』（集英社文庫）

なんというか、もう、こてんぱんにやられました。ここで最初に言いたいことは、ともかくおもしろい！　ということ。脳がしびれ、意識のどこかが冴え冴えし、自分の一部が物語に乗り移ったみたいになって、ぐんぐん、じゃんじゃか、読んでしまう。言葉がそうさせるのだ。もっともっと、先へ先へ。大胆不敵なストーリーも勿論ただごとではないのだが、それ以上に言葉の力に圧倒される。端正で可笑しくて、自在で奔放で、起爆力のある言葉、言葉、言葉。私はこれまで〝グルーヴ〟というのがどういうものか理解できなかったのだが、これを読んで理解できた。

タイトル通り、この長編小説はある人物（というのは正しくない。存在、とするべきだろう、正確には）の自叙伝であり、自叙伝だから「私」という一人称で語られる。小説の始まりは一八四五年で、終りはだいたい二〇一三年。「私」は途方もなく長生きだ。というか、不死身。でも、この言い方もまた正しくない。一つの肉体は、「私」にとってもやはり有限だからだ。何度も生れ変る、と書いても正確さを欠くのは、「私」が同時多発したりもするからで、つまりこれは、いつの時代にもそこにいる「私」の話なのだ。

そこ、というのは東京だけれど、だから日本と言うこともできる。そして、でも、「私」は概《おおむ》ね東京にいて、それぞれの時代をきわめて肯定的に生き、その都度時代の色に率先して染まる。複数の肉体で生きるのでケースバイケースではあるのだが、基本的に如才がなく、商売気があって政治が好きだ（けれどイデオロギーはない）。善悪の判断をしない。無闇に活動的で、およそありとあらゆる事件や出来事にかかわるので、「私」の自叙伝はそのまま東京の事件簿、日本の近現代史になる。その果てしないまでのスケールで物語が織られていくと同時に、個々の「私」の生活や感情や記憶も濃《こま》やかに描かれるので、読者は遠近両用眼鏡をかけたみたいな感じになって、世界が奇妙な見え方をする。わくわくするのは「私」がカゲロウとか浅蜊《あさり》とか、猫とか鼠とか、人間以外の生き物として生きたときで、小説全体としてはほんのすこしの分量なのだが、瞬間瞬間にこの世に存在する生命を――とくに、「私」が自ら下等生物と呼んでいる種になったときにビビッドに――体感できてしまう。言葉を持たないものたち、一匹ずつの個性ではなく集団的無意識で種を守ろうとするものたち。

作中で本人が何度も認めているように、「私」は無責任だ。でも決して悪人ではない。悪人になど決してなれないのもまた無責任だからで、無責任というのが悪いことなのかどうか、私にはよくわからない。「私」にはおよそ執着というものがなく、流れるところに流れていこうとするその在り方は、優雅で野蛮だ。果てしなく生きて漂う「私」が一つ一つの事件——殺人だろうと戦争だろうとサリン事件だろうと原発事故だろうと——に本質的に無頓着なのは自然なことで、その大きさには抗《あらが》い難いやすらかさがある。清々《すがすが》しい、とさえ感じてしまう。「私」の語り口は軽妙洒脱《しゃだつ》かつ巧妙で、人を食っている。どんどん、じゃんじゃか読みながら、何度でも笑ってしまう。そうしながらそらおそろしくなる。それは、これがいつの時代にもそこにいる私たちの話だからで、東京の自叙伝というのはつまり集団的無意識の自叙伝なのだと気づかされるからだ。

この小説は緻密にぶっとんでいる。そして〝グルーヴ〟に溢れている。

（「毎日新聞」2014・7・13）

小山田浩子『庭』（新潮文庫）

ニートだ、というのが、読後最初に頭に浮かんだ言葉なのだが、ニートには、きちんとした、均整のとれたという意味のほかに、（仕事などが）巧妙な、という意味もあり、さらに俗語で、すてきな、すばらしい、という意味もある。私の思ったニートはその全部で、日本語で言うなら、つまり傑作。

十五編が収録されている。どの一編をとっても奥行きがあり、気配に満ちていて、おもしろい。おもしろいという言葉ではたりないくらいおもしろく、私はこの短編集のとりこになった。一編目から度肝を抜かれる『うらぎゅう』、大人と子供とでは全然べつな時間を生きているのだ、ということが鮮烈にわかる『広い庭』と『緑菓子』（どちらも最高）、方言が炸裂し、おそろしいのに笑ってしまう『名犬』や、シュールな味わいの『叔母を訪ねる』および『どじょう』、さまざまな匂いに満ち、ざらりと哀しい『予報』や、筆力全開で駆け抜けたかのような、気持ちのいい『動物園の迷子』。ほんとうに、どれもどれもいいのだ。一読忘れられなくなることうけあいの『彼岸花』も、ひそやかで個人的で、それなのに風通しのいい『蟹』も、利発であどけない四歳の女の子である「りーちゃん」が、世にもおそろしく感じられる『家グモ』（破壊力抜群）も。

まず感じるのが描写の適確きわまりなさで、それが最初から最後まで、自然かつ緊密に続く。たとえばある一編で、主人公が日帰りで訪れる温泉施設の「自動ドアを通ると、大きな自動販売機がぴかぴかと光って並んでいたので覚えずホッとした。そこここに木製オブジェや木彫りの人形、鹿の角、竹ひご細工に渓流の写真などが配置されていた。うっすら木のにおいがした。ロビーには入浴券の券売機や売店などがあり、売店には瓶詰めや菓子類や干物、ドライフラワーのリースなどが並んでいた。アイスクリームの冷凍ボックスには『ジビエ冷凍肉部位応相談』と貼り紙がしてある。人は誰もいなかった」という描写。またべつの一編の、主人公が里帰りした実家の「布団は重く湿っていて、いつまでも温まらなかった。私は何度も寝返りを打った。布団には湿気やかびの胞子だけではなく、もっと比重の大きい、くぐもった匂いのするものが染みこんでいる感じがした」という描写。例をあげればきりがないのだが（雨の日の住宅地で、猫避《よ》けにならべられたペットボトルの、「中の水は雨水より黄色っぽく見え」るのだし、おなじく雨の日に、狭い道で他人とすれ違うとき、相手の傘の縁からこちらの肩に落ちる水滴は「雨粒より大きくて冷た」いわけで）、何もかもが、そうであるに違いないありようでそこにある。

さらに、この著者の会話文の上手《うま》さは常軌を逸しており、読んでいて、ひきこまれるというよりすいこまれる。物語のそこここにぽっかりあいた、不穏な穴のなかに。

多用される方言の扱いは無論見事で効果的なのだが、標準語での会話もそれにひけをとらず巧妙でリリカルで、しばしばおそろしい。

どの小説でも、一つの場所に幾つもの層があることが描かれている。親しい間柄でも見えている世界が違うこと、人がみんなべつの個体であること、けれど血はつながり、血以外にもつながっていくものがあること、そして、この世には人間より人間以外の生き物の方がずっと多いのだということ。

が、この短編集を読むという圧倒的でスリリングな体験の前では、そんな分析は意味も色も失ってしまう。

（「毎日新聞」2018・5・27）

オラフ・オラフソン　岩本正恵訳
『ヴァレンタインズ』（白水社）

ひっそりして端正な、非常に現代的な短編集だ。抑制のきいた文章は清潔で、小ぶりできれいな、つめたいナイフを思わせる。あるいはあかるい月の光を。

全部で十二の小説が、「一月」から「十二月」までの、そっけないともいえるシンプルなタイトルと共にならんでいる。タイトルからは、だから内容はうかがい知れない。全編、夫婦もしくは恋人同士をめぐる話なのだが、どの一編として似ていない。あたかも、小説までが本のなかで孤立しているかのようだ。頁を繰るときの鮮度が、従ってきわめて高い。

十二編の、互いに全く似ていないこれらの小説が描きだすのは、けれど一様に、とりかえしのつかない瞬間である。何かが、壊れるのではなくそこなわれる瞬間。壊れてしまったのなら諦めもつく。けれど壊れてはいなくて、何かが決定的にそこなわれたのだとしたら、人はそれを受け容《い》れるか、そこなわれてなどいないふりをするか、しなくてはならない。人生は続いていくものだからだ。愛情や信頼、それに時間に支えられた深い関係について言うなら、壊れるよりそこなわれる方がずっとたやすく、ある意味でずっと悲しい。

親しい、お互いを大切に思い合っている者同士のあいだでの失言が、たとえばそのいい例だ。他意なくこぼしてしまう本音。それは喧嘩や口論や、日ごろのうっぷんをぶつけた暴言などよりずっと破壊的で、ずっと深く関係を揺らがせる。オラフ・オラフソンの小説において、職業となら んで重要なものに、だから会話がある。巧みに、慎重に配されている。登場人物の多くが自分をあまりおもてにださない、良識的な、控え目な人々であるためになおさら、言葉の一つ一つが青い炎の熱さを持ってしまう。

そこなわれることは、事故にも似てほとんど不可避なのだ。ディテイルのリアルさが、そこに軽みやあかるさや、色や匂いや手ざわりを与えている。

たとえば、ある夫婦がスキー場で、意図したわけではないのに、ふとしたことから互いを傷つけあってしまう「三月」という一編があるのだが、結婚二十周年の記念であるその海外旅行を妻がとても楽しみにしていて、「彼女は銀行で働いていて、ある金曜日に、仕事を終えたあと、たまたまホテルのウェブサイトを見つけた。それ以来ずっと、ホテルの写真をスクリーンセーバーにしていた」ことを、冒頭近くで読者は知らされている。旅行がたのしみすぎてスクリーンセーバーにしていた！　ささやかだが、生々しく痛々しい。

あるいはまた、もう成人した娘のいるヨハンとカレン夫妻は、「早起きで、毎日を期待に満ちた前向きな気持ちで始めた。天候が許せば、長年手入れしてきた庭に座って、朝のコーヒーを飲みながら、新聞を読んだり、一日が始まってゆくさまをただ眺めて過ごした。庭には小さな噴水があって、小鳥がよく水浴びをした。羽づくろいをする鳥たちを眺めていると、ふたりの心はよろこびで満たされた」と語られる（「五月」）。実は妻には女性の恋人がいて、それを正直に告げて夫と別れるのだが、読者にとってショックなのは、妻がでていくことでも恋人が女性だったことでもなく、二人があんなふうに幸福そうに、というよりおそらく事実幸福に、長年暮していたことの方だ。

結末の残酷さが光る「七月」「十一月」、結婚している女性の多くが動揺しそうな「九月」、著者の故郷でもあるアイスランドが色濃く描かれた「六月」など、他にもきっちり佳品が収められている。


(「毎日新聞」2011・5・15)

金井美恵子『昔のミセス』(幻戯書房)

なんていいタイトルだろう。小さい声で、含み笑いしながら、こっそり発音したい心愉しいタイトル。

これは『ミセス』という雑誌のバックナンバーを題材にしたエッセイ集で、着るもの、食べるもの、家具、小物、そのときどきの女優や男優といったなじみ深い物や事、大抵の人にとって身近な物や事をめぐって書かれた本。あいだあいだに『ミセス』の当該ページの写真が載っているので、ああこれ、これ、と呟いたり、懐かしがったりもできる。

美しい無駄をふんだんに盛り込んだ文章は、ごくごく飲みたいくらいおもしろい。無駄という言い方は誤解を生むかもしれないのでつけ加えると、ふっくらしたもの、おかしみのあるもの、色や匂いや手ざわりに満ちたもの、は、世間では大抵無駄とされている。そんなふうに言えば婦人雑誌そのものが無駄なのだし、いい文章というのも実にまったく無駄なのだ。そういう意味の、無駄。

この本を読むと、いろいろなことを思いだす。子供のころに住んでいた家の階段や、お向いの家の階段（なぜ階段なのかはわからない）、ミシンの音、母に縫ってもらったワンピースの柄、飼っていたシャム猫のノラ、電気ポットに入れられた氷水、ピアノの上にかけてあった白いレース、その部屋の夕方の仄暗さ、お客様用の紅茶茶碗——。それらはもちろん個人的であると同時に大変婦人雑誌的、というか『ミセス』的なあれこれなのだけれど、でも『ミセス』のバックナンバーを揃えて眺めたところで、喚起されはしない記憶だ。金井美恵子という人の、十全に豊かでこなれた日本語が、帯の言葉を借りるなら「繊細かつ大胆」に喚起する記憶。

たとえば、「トムとゼリー」という鮮烈なエッセイがある。そのなかで著者の友人の妹（当時小学生）は、「黄色と白の格子のスモッキング刺繡《ししゅう》をした三角巾《きん》とエプロンを着けて、メロン、イチゴ、レモンのどれにいたしますか？ と、自分の作ったゼライスを大変気取った様子でお給仕してくれる」と回想されるのだが、その子は「赤ン坊の頃から魚の煮凝《にこご》りが大好きだった」のであり、「アルミニュウムのゼリー型から外してお皿に移す時、ツルツルして弾力のあるゼリーがつるりとお皿の上をすべって落ちてしまうか形が崩れてしまうのではないかと、極度に緊張する」。ゼリーを作るとき、冷蔵庫に入れずに氷水を張ったバットに型を並べて冷し固めるのは、「ゼリーが徐々にトロリとしてきて固まって行く様子を、じっと見ているのが好きだから」なのだ。

ほとんど官能的なまでに五感全部の記憶を揺さぶるエッセイなのだけれど、それは自分にも似た経験がある、ということよりも、ああ、この子を知っている、という一種錯綜した記憶による懐かしさであって、そのとき私が「この子」に自分を重ねているのか自分の妹を重ねているのか、友人や友人の妹を重ねているのか、判然としない。小説の登場人物にたまに感じる既視感のような意味で、ここにでてくる著者の友人の妹その人を、知っていると感じるのかもしれない。それらは渾然一体となり、ああ、あのゼリーのけばけばしかった色、つるんとしたつめたさ、と、それを作ったり食べたりした部屋の様子まで思いだす気がしてめまいさえ感じるのだが、ではこのエッセイの元となった『ミセス』の写真ページ（「夏の味覚（3）ゼリー」というタイトルと共に、赤いゼリーが二つ、緑のゼリーが二つ、白いババロアが二つ、果物の入った大きなケーキ風ババロアが一つ、テーブルにのっている写真）を見て、私がめまいをおこすかといえば、おこしたりしない。

またべつのエッセイでは、老婦人に部屋着を手作りして贈ってはどうか、と読者に提案する『ミセス』のページがとり上げられていて、その白黒写真のなかの老婦人が女優の東山千栄子であることから、著者は女優というものの不思議について書く。女優とモデルの違い、というこのエッセイの骨子は骨子として、「フリル飾りが襟と袖口についたガウン風の淡いブルーとグレーのミックスの英国製アンゴラジャージーのワンピースを着て、居間の窓辺の古風な布地が張られたソファーに、クッション（手織りのざっくりした茶色系のウールだろうか？）を重ねて、ゆったりと凭《もた》れかかり、膝の上に伸したおおらかな手の中に小さな白い安心しきっているように見える仔猫を抱いたモノクロームの写真の御所人形がおばあさんになったような老婦人」という描写の、何ていう濃《こま》やかさ。ガウンの色は雑誌の本文に書いてあるのでいいとしても、一枚の白黒写真から、これほど立体的な描写ができる破天荒な文章力には感嘆する。

雑誌の記事や写真、そこから読みとれる風俗や時代、をめぐって書かれたこの本は、けれどもちろん文章について、言葉について、その喚起力と吸引力、風味とおもしろさ、また果てしなさについて、書かれた本でもあるのだ。

（「毎日新聞」2008・8・24）

金原ひとみ『デクリネゾン』（ホーム社＝集英社）

古いものを持ちだして奇妙だと思われるかもしれないが、カポーティの『ティファニーで朝食を』とか、有島武郎の『或る女』とか、ジョン・ニコルズ『卵を産めない郭公』とか、マーガレット・ミッチェル『風と共に去りぬ』とか、小説の魅力と女性主人公の魅力が不可分な小説というのが確かにあって、本書『デクリネゾン』も、その系譜に連なる一冊だと思う。

主人公の志絵は小説家で、離婚を二度していて、大学生の恋人と中学生の娘がいる。次々に恋をする女で、離婚も彼女の浮気が原因だった。が、悪女とかちゃらんぽらんというのではなくて、この人はこわいほど真面目なのだ。こわいほど真面目で、誠実。だからこそ、こういう生き方になってしまう。厄介。そして、小説の主人公として、きわめて魅力的だ。そんな彼女の暮らしぶりと思考のすじみちが丁寧に描かれ、感情ではなく感覚が、まるで自分のそれをむきだしにされたかのように伝わってくる。感情ならば説明も共有も可能だが、感覚は違う。それを、言語を使った肉体的な解剖みたいに小説にしてみせる金原ひとみの凄《すさ》まじさ！　もともとセンシュアルな小説を書く人ではあったけれど、『アンソーシャル　ディスタンス』にしても『アタラクシア』にしても、最近のこの人の小説は解剖の精度が高く、言葉の奔流のいきがよくて、読んでいて陶然となる。

志絵をめぐる男たちも、作家仲間の女たちも、成長していく娘も、それぞれの時間と感覚を生きていて、どんなに大切だとしても他者だ。夫とか元夫とか親子とか親友といった言葉に規制（もしくは矯正、あるいはいっそ邪魔）されることに抗《あらが》い、そういう言葉に安心（もしくは慢心）することにも耐えられず、他者とただまっすぐに向かい合いたいと願う志絵の、切実でスリリングな闘い——。

孤独や不安、守りたい相手がいることの蜜のような甘さと不自由さ、その恐怖、傷つけたくはないが誤魔化《ごまか》したくもないというある種の潔癖さ、といったざわざわする息苦しさに満ちた小説なのだが、だからこそときどき奇跡のように（あるいは闘う彼女への恩寵《おんちょう》のように）訪れる幾つかの瞬間の尊さと美しさに虚を突かれる。これから読む人の喜びを奪いたくないので説明は避けるが、バドミントンとか、ヘアドライヤーとかチン横とか。ああ、こういうことがあるから人は生きていかれるのだ、と思う。

ところで、小説の魅力と女性主人公の魅力が不可分な小説には、特徴が一つある。それは時代性を抜きには語れないということで、この本にも、すみずみまで、いまという時代が新鮮な血液みたいに流れている。最近は教養小説という言葉を聞かなくなったけれど、映画や小説をめぐる解釈の差や議論や、コロナによる生活の変化やリモートの善し悪しについての考察、若者言葉に対する年長者の所感から、どんなピザの注文のし方がモテるかまで、登場人物たちがみんな実によく喋るので、この本には現代版の教養小説とでも呼びたいような側面もあり、読んでいて愉しい。さらに小説を構成する一要素としてさまざまな料理が見事な描写力で登場し、読み手の五感と食欲と妄想力を揺さぶる。その意味でもすばらしくセンシュアルな一冊なのだった。

（「毎日新聞」2022・11・12）

川上弘美『わたしの好きな季語』（ＮＨＫ出版）

仕事机からいちばん近い小さな棚に、辞書やそのときどきに必要な資料とならべて、気に入りの本を何冊か置いている。ソール・ライターの写真集とか、アンドレ・ケルテスの写真集とか、スペイン語版（読めないけれど）の『プラテーロとわたし』とか、『世界童謡集』とか。そばにあるだけで心強く、全編通して読まなくても、数頁読む（あるいは眺める）だけでうれしくなる本ばかりだ。

川上弘美著『わたしの好きな季語』も、そこにならべてある。タイトル通り季語をめぐるエッセイ集で、一編が見開き二頁。春夏秋冬（プラス新年）に章分けされている。「夜長妻《よながづま》」とか

「半夏生《はんげしょう》」とか「漆掻《うるしがき》」とか、知らなかった言葉を知れるのもたのしいが、「鳰《かいつぶり》」とか「田螺《たにし》」とか「蠟梅《ろうばい》」とか、知っているつもりで実は知らないものの多いことにも気づかされ、そうなるともう、「海苔」とか「小鳥」とか「おでん」とか、断固知っている、と言い張りたいような言葉まで、ほんとうには知っていなかった気がしてくる。それは、季語というものが、「言葉の背後にある感情や記憶、歴史的な意味や場所の連想などの、全部をふくむもの」だからなのだろう。

と書くと小難しい本みたいだが、これは肩の凝らない素敵な読みものだ。俳句の入門書（としても優れているに違いないのでまぎらわしいが）ではないし、言葉を学ぶための本でも無論ない（ちょっと学べちゃうけど）。川上弘美のエッセイ集がいつもそうであるように、この本も静かでふくよかで風通しのいい、感受性とユーモアに満ちた一冊だ。

たとえば「ががんぼ」を読んで、私は子供のころの夕方に、一人で恐怖した心細い情景を突然思いだした。あのやたらに手足（ではなく全部脚だけれど）の長い虫の名前は知らなかったし、存在すら忘れていたのに――。「蠟梅」は胸に小さな痛みを引き起こし（でも、なぜだろう）、「去年今年」にでてくる〝腕〟は、可笑しいのに虚をつかれて、なんだか心がざわつく。「薄暑《はくしょ》」という言葉はこの本を読んで以来、気がつけば五月くらいに呟いているし、「豆飯」にでてくる夫婦の話も、一読忘れられなくなってしまった。

一つの言葉から広がる時空の果てしなさ（と、たぶんそれ故の寄るべなさ）を堪能できる、ずっと手元に置いておきたい本だ。季語一つにつき一句、著者選の俳句も紹介されている。

（「日本経済新聞」2022・6・25）

川上未映子『愛の夢とか』（講談社文庫）

一冊まるごと全部が、言葉にならないはずのものでできている。とらえどころのないものが、とらえどころのないままに、どういうふうにしてか捕獲されて放たれている。どうすればこんなことができたのかわからない。一編ずつが、しずかな奇蹟だと私は思う。

小説だから、もちろん言葉で構築されている。それどころか、言葉で編まれた揺りかごのような短編集だと言ってもいいのだが、でも、同時に、言葉ではないもの――水とか、日ざしとか、どこかで誰かがついたため息とか――で書かれているとしか思えない短編集でもあって、頭ではなく心に直接しみこんでくる。

わずか七ページの短さで、筋というほどの筋もないのにただごとではなくうすさびしい「アイスクリーム熱」も、男女の喧嘩のあとの空気を描写しただけなのに、生理のどこかを激しく揺さぶられる「いちご畑が永遠につづいてゆくのだから」も、死と喪失を概念の外側にだしてみせてくれる「十三月怪談」も。

川上未映子の小説を読むと、私はいつも、自分が子供に戻る気がする。目の前の世界を、ありのままに、一切の前提なしで、ただ見る以外になくなるという意味だ。まったく知らないものを見る目で。

「三月の毛糸」は、言葉で、まっすぐ、震災に斬込んだ一編だけれど、絶望も希望も排した書きぶりは見事で、その厳しさとフェアさは、おそらく著者の意図すらも超えて、優雅にまろやかに小説を小説たらしめている。

言葉というのは人為的なものであるはずなのに、この人の書く言葉は、人為より自然に属すもののように思える。奔放で、生命力があり、人為より自然に属すものがすべてそうであるように慎み深い。そのことに私はいつも感嘆するのだが、とくにこの本のそれは顕著で、信じられなければ読んでたしかめてほしいのだけれど、ここにある言葉は、誰にも見られていない庭に、静かに、いきいきとするするとのびる、健やかなつる植物のようだ。

植物といえば、この本には美しい庭のでてくる小説が二編収められている。ブラックな味わいがあり、こわいので見たくない、知りたくない、と思いながらひきこまれてしまう「お花畑自身」と、表題作でもある「愛の夢とか」がそれだ。

愛の夢とか。絶妙なタイトルではないだろうか。甘やかで、あいまいで、つかみどころがなく、可笑しみもあり、非常に不たしか。漠然としているのに、妙に密度が濃く、閉塞《へいそく》感もある。

この一編を、私はすばらしいと思った。「ばらの花には何百という種類があるから、このばらの、ほんとうの名前はわからない。でもこれが、ばらだということはわかる。（中略）どこをみて、これがばらだとわかるのだろうと、ときどき不思議な気持ちになる。とげがみえるし、花びらも、やっぱりどこかしらがばらだから、見るだけでそれはばらということがわかってしまう。（中略）どんなにはじめてみるばらであっても、それがばらであるなら、それはばらであることを、わたしはただちに知るだろう——なんちって」という出だしからしてゴキゲンなのだが、人の孤独にはさわれないし、さわるべきでもなく、けれど人は、たぶんとても風変りなやり方で、その孤独を互いに尊重し、飼い慣らし、守ることができるのではないかと思わせる、この一編は文学的に気高い。互いをテリーとビアンカと呼び合う老婦人と若い主婦の、どちらの過去も事情も語られないからこそ成立する物語空間の、完成度と美しさに息を呑んだ。

（「毎日新聞」2013・6・23）

川島誠『神様のみなしご』（ハルキ文庫）

海辺に建つ養護施設「愛生園」を舞台に、複数の登場人物が一人称で語りつなぐ物語。語り手は職員や周囲の大人たちではなく、すべて園にいる（あるいはいた）子供たちだ。小学生か中学生。園には「高校生も少しだけいる」のだが、「でも、ふつう、中学卒業したら、園を出て働きたいわね。俺だって、そうするつもり。どっか、住み込みのとこでも見つける。」と登場人物の一人が説明してくれるように、そこは彼らがずっといたい場所でも、ずっといられる場所でもない。たとえ、入園したとき「温かいトースト」や、「おみそしる」に感激したとしても、無料の歯科治療を「好き」だと思ったとしても。

この小説に限ったことではないのだが、川島誠の書く一人称にはためらいがない。著者本人の声とおなじくらい断固とした一人称（が全員分）、とでも言うべき強さがそこにはあって、読み手はその声に導かれ、ほとんど瞬時に物語のなかにひき込まれてしまう。短いセンテンス、絶妙な倒置法、曖昧さを排した記述、感じがわるいほど巧妙な皮肉。

愛生園では何が起るかというと、大きなことは何も（すくなくとも、表立っては）起らない。地区対抗のサッカー大会に出場するとか、お披露目会という、「簡単に言っちゃえば、たぶん、中学校の文化祭みたいなもん」があったり、ホームカミングデイという、卒園生の帰ってくる日があったりするくらいだ。平和といえば平和、平凡といえば平凡。作者はそれを淡々と描き、私はそれを、息をつめて読んだ。すさまじいことは、すでに起きてしまっているのだ。

宮本という双子の兄弟の父親は刑務所にいて、母親はべつの男と逃げてしまった。かつて裕福だった谷本理奈は、父親が事業に失敗し、その後両親が心中してしまう。相川美優は父親に性的な虐待を受けていた。もっともっとある。暴力、貧困、育児放棄、いじめ、殺人事件。

一人ずつの持つ物語には、勿論繊細でふくよかなディテイル——飯場のバイク、やさしくされた記憶、母親の水商売仲間にのませてもらったメロンジュース、水辺のカモメの声、深夜の中華料理、命がけで守ってもらったのだという事実——があるのだが、同時にあまりにも陰惨に陳腐で（そうではないだろうか。男親は酒やギャンブルに溺れ、女親は男に溺れるか逃げるか、そうでなければ不幸な死を迎える）、世のなかが現に陳腐なのだという事実に圧倒されてしまう。

それらの、どれ一つとっても痛々しい長編小説になりそうな事情や事故や犯罪や悲劇に、たった一人でさらされたあとの、サッカーとかお披露目会とかホームカミングデイとかなのだ。

たとえばサッカーの試合において、子供たちは一丸にはならない。一丸になれるはずなどないわけで、でも、そこにはスポーツをする者が避けようのない、心情や思惑や本能や、連帯や喜びのようなものが、ぼんやりと発生する。

描かれるのは、個としての彼らだ。家庭という背景を失い、愛生園という中継地点をべつにすれば、どこにも帰属せず一人ぽつんと存在する、素のままの彼ら。一人ずつを見ると、彼らは決して健気《けなげ》ではないし、たくましくない。でも、健気に思えるし、たくましく思えてしまう。そう感じるよりないという、そのひずみ。

川島誠はほんとうに容赦がない。神父のでてくるくだりや、愛生園をめぐる新聞記事があきらかにするように、この施設もまた、陳腐な世間の一部なのだ。

（「毎日新聞」2012・5・27）

北村薫『水　本の小説』（新潮社）

わくわくする本だ。これからそれへ、それからあれへ、思いがけない道筋で次々つながることの妙味。遠藤周作と梅原猛を、塚本邦雄と三島由紀夫を、芥川龍之介とチェーホフをつなげられる人が北村薫以外にいるだろうか。由紀さおりと戸板康二を、大辻司郎と松本清張をおなじ文脈で語れる人が？　本が主役ではあるけれど、歌舞伎、落語、映画、小唄、漫談、童謡、テレビやラジオの番組や、コマーシャルや歌謡曲まで、言葉にまつわるものはみんなつながってしまう。

なるほど、と腑に落ちたり、へえ、と驚いたり、おお！　と快哉を叫んだり、それでそれで？　と好奇心をかきたてられたりするこの本を読む喜びは、ほとんど肉体的と呼びたいような快楽だ。無論これは著者の博識抜きには存在し得ない本だけれど、おもしろいのは（そしてとても美しいのは）、著者の博識以外の要素がしばしば躍り込んでくることで、ここにはたくさんの人の記憶や記録や知識や、偶然および必然の出会いや時の流れが折り重なり、響き合っている。

たとえば著者の子供のころの記憶。『巌窟王物語』のなかに「たまらなく恐ろしい場面」があり、それは「孤島の牢に閉じ込められるところより、袋詰めのまま荒海に投げ込まれるところより、ずっとずっと嫌でした」と語られる（これだけでもう、どんな場面か知りたくてうずうずすると思うけれど、続きは本文で読んでいただくとして、記憶の例を続けます）。獅子文六の新聞小説『バナナ』を読んで、「蒸しタオル」のでてくる場面が強く記憶に残ったのはなぜか。あるいはまた、新聞の連載漫画にでてきた小唄、「からかさの〜　ほねはァばらばら」に対して抱いた違和感のこと。ああ、わかる、と、それらの作品を知らないのに思ってしまうのは、たぶん誰もが子供のころに（時代や作品こそ違え）、似た経験をしているからで、つまりここで著者の記憶は本からはみだして、読者のそれとつながってしまう。加えて、本書の重要登場人物である「プー編集長」や「担当さん」や「恩藏さん」の記憶もひもとかれる。それだけでも十分重層的なのだが、この本が特別なのは、著者の記憶とおなじ比重、おなじ鮮烈さで、いまはもういない岸田今日子の、團伊玖磨の、小沢昭一の、芥川龍之介の記憶が息づいているからだ。記憶は個人のものだけれど、この本のなかで、それらは個人を越え、時代も場所も越えて地下水脈みたいにつながっている。そのことが心愉しく、心強い。

創作カルタあり、謎の本探しあり、文豪話あり、東京弁考察あり。びっくり箱のような一冊で、発見に満ちている（ええっ、「駅ー、駅ー」というコントはドリフターズのオリジナルではなかったのか！！！とか）。ときに憂いをのぞかせながら（味わうのに楽をすることへの警鐘や、「もし理解出来ないなら、バーを下げるのではなく読者の方が跳べるようにならなくてはいけない」という基本原理、「ならぬことはならぬものです」という言葉の重さや、「今のあの音この音も、保存されなければ時の流れの中に溶けてしまうことでしょう」に滲む無念さ）、それでもここには書物や言葉、あるいは文化そのものへの圧倒的な、そして頑固な信頼がある。

書名通り〝水〟みたいに流れて広がる文章世界だ。あっちで跳ね、こっちでこぼれながら無数の文流を発生させ、自在に、けれど自然の地形にそって——。

この美しい本にはたびたび庄野潤三がでてくるのだが、著者が彼の作品について言う、「それが決して、一人だけのものではないからでしょう」はまさに水脈が存在するしるしだし、最終章における犀星から庄野への流れ（犀川からミシシッピ・リバーへ）といい、犀星に戻って本全体をしめくくる「山水のやうな味のする水」という一文といい、気がつけばあたりはいちめん清烈な水、という場所に読者は運ばれていて、船頭たる著者の見事なオールさばきに舌をまくことになる。

ところで、この本のなかに、「何となく、一行一行、蟹の味がするようでしょう」という文章があり、確かにその通りの（蟹の味がするような）ものが読めるのだが、私にはその事実より、

「何となく、一行一行、蟹の味がするようでしょう」という文章そのものの方が驚きだった。この味わい能力！　凡人には書けない一文だと思う。

（「波」2022・12）

アンジー・キム　服部京子訳
『ミラクル・クリーク』（ハヤカワ・ポケット・ミステリ）

ヴァージニア州のある町で、放火殺人事件が起る。放火されたのは〝ミラクル・サブマリン〟という名の治療施設で、韓国人の夫婦が経営していた。カプセルに入って百パーセントの純酸素を吸うことによって、自閉スペクトラム症、脳性麻痺、不妊症、クローン病、神経症などに効果があるとされるこの施設の火事によって二人が亡くなり、三人が大怪我を負う。そこまでわずか九頁（全体では五百頁近い本）。そこから物語は一年後に飛び、裁判に突入する。著者は元弁護士だけあって、法廷シーンおよびその裏でくりひろげられる弁護側検察側双方の仕事ぶりのリアリティは見事。

裁判だからすでに被告が存在し、それはエリザベスという女性なのだが、彼女がほんとうに犯人なのかどうかはわからない。施設には保険がかけられていて、保険金は当然オーナー夫妻のものになるのだし、そこでの治療に反対している抗議者たちもいて、患者同士のいざこざもあり、あれもありこれもある。

その日実際には何が起き、誰が犯人なのかが知りたくて頁を繰る手がとめられないのだが、読んでいて惹き込まれるのは、むしろそこに至るまでの一人一人のドラマの方だ。たとえばガンパパという言葉を私はこの本で初めて知ったのだが、ガンは鳥の雁で、「よりよい教育機会を授けるために妻と子どもを外国へ移住させる一方で、韓国に残って働きつづけ、一年に一回、家族と会うために飛んでいく(または〝渡りをする〟)父親」のことだという。主人公一家の父親も最初はガンパパであり、のちにアメリカに定住した。彼の物の考え方は韓国人のそれなのだが、娘はすでに、言葉も発想も行動もアメリカ人のようになっている。そういう一家における父と娘の関係、母と娘の関係、そして夫婦の関係——。

施設に通ってくる患者たちの人生もまたそれぞれに込み入っている。不妊治療をしている白人男性医師を除くとみんな障害を持つ子供の母親で、三人のうちの二人は離婚しており、もう一人の夫も育児はほとんど妻に任せきりだ。子供たちの障害の程度にも回復(のきざし)の程度にも差があるし、母親たちの子供の治療をめぐる態度にも差があって、それがときに衝突を生む。彼女たちの孤独、友情、嫉妬、不安、責任感。障害のある子供を育てるとはどういうことか、虐待とは何か。本書の内包するテーマは重い。のだが、それを読み応えのあるエンターテインメントに仕立てたところに作者のセンスと手腕がある。

裁判が進むにつれ、事実がすこしずつあきらかになる。こっそり約束されていた密会とか、誰かがたまたまかけていた保険会社への電話とか、禁を破っての喫煙とか、口論とか脅しとか、浮気(疑惑)に激怒した妻とか——。たまたま重なったたくさんのこと、それぞれがそれぞれの都合でついた幾つもの小さな嘘、放火殺人にくらべればささやかなこと。

基本的に善意の人々の話だ。善意の、普通の人々。でも事件は起き、事実があぶりだされる。あぶりだされた事実がアメリカの司法制度のもとでどう扱われ、どう裁かれるのか。濃密なディテールに心を揺さぶられながら、骨格のしっかりした法廷ミステリーがたのしめる。

（「毎日新聞」2021・1・30）

ピーター・キャメロン　岩本正恵訳
『最終目的地』（新潮クレスト・ブックス）

大学院生であり、教員でもある一人のアメリカ人青年が、三人の人物に宛てて書いた一通の手紙から、この小説は始まる。三人の人物というのはある作家の遺言執行者たちで、主人公のアメリカ人青年は、その作家の伝記を書こうとしている。そのために、遺言執行者たちの「承認」が欲しい、というのが手紙の内容で、受け取った三人の人物――すでに亡くなっている作家の、兄と妻と愛人――は、それぞれに反応する。

この三人は、ウルグアイのオチョス・リオスという町に住んでいる。亡くなった作家の屋敷に妻キャロラインと愛人アーデンが、アーデンの娘の幼いポーシャと共に暮しており、そこからすこし離れたべつの家に、兄アダムが年若い男性パートナーと暮している。この人々の、優雅で物悲しい暮しぶり、オチョス・リオスという辺鄙《へんぴ》で美しい土地、そこに流れる時間の穏やかさと物憂さ、が、なんといってもすばらしい。風景も、人々の会話や表情も、衣食住のさりげなくも濃《こま》やかなディテイルも、一つずつくっきり描写されるので、気がつくと私もそこにいて、彼らや彼らの土地にすっかり魅せられていた。何しろピーター・キャメロンは、カーテンの揺らぎ一つ、昼食のテーブルにのったスープ一つおろそかにしないのだ。

小説の構造上、主人公はアメリカ人青年だといえるだろうし、やや（というか、かなり）頼りない彼の人物造形や、しっかりもののガールフレンドとの関係、ウルグアイの人々との出会いがもたらすことになる変化、といったアメリカ青春小説風のあれこれは、もともとピーター・キャメロンの得意とするところであり、事実、アメリカの章とウルグアイの章の際立ったコントラストはこの本の読みどころの一つでもあるのだけれど、でも真の主人公は誰かと問われれば、世捨て人のように暮している三人（プラス幼いポーシャ、プラスアダムのパートナーのピート）だとこたえることも可能だし、時間だとこたえることも、さらには表舞台に一度も登場しない、亡くなった作家のユルス・グントだとこたえることも、無論可能なのだ。登場人物たちの人生は、ユルス・グントただ一人の人生によって交差し、結びついている。

物語に戻ると、冒頭に置かれた手紙で「承認」を得られなかったアメリカ人青年オマーは、じかに会って彼らを説得しようと単身ウルグアイに乗り込む。べつべつの時の流れが偶然合わさることで、新しく（そしてよんどころなく）ひらけてしまう未来。未来があるということは、希望であると同時に絶望でもある。誰もひとところにとどまっていられないという意味において。

へんくつな老人のアダムや、かつて男娼をしていたピート、画家であり感情の揺れやすいキャロラインや、健全さ故に孤独なアーデン、いちばん過去がすくないからこそ、存在そのものが過去を体現しているともいえるポーシャ。ユルス・グントという人物によってゆるやかに結びつけられていた彼らの人生が、しずかにほどけていくさまの、美しさと喪失感、あかるさと取り返しのつかなさ。

見事なのは、過去をめぐる物語なのに回想シーンがほとんどないこと。それが小説に陰翳と深みを与えている。目に見えず、説明されることもなく、それでも確かに存在する過去と、思いもかけないふうにふいに、出現する未来。

多用される会話、ぶれのないカメラワーク、そして、物語の終盤に、人々のいる場所。ためいきがでるくらい美しい小説だった。

（「毎日新聞」2009・6・28）

ルース・クラウス文／モーリス・センダック絵　木坂涼訳
『ちょうちょのために　ドアをあけよう』（岩波書店）

いやあ、絵本って、ほんとうにいいものですネ。と書いても、これが映画評論家の水野晴郎さんの口真似だとわかってくれる人はもはやすくないかもしれないが、絵本を、私はほんとうにいいものだと思う。「いいもの」という言葉が、過不足なくちょうどぴったり合うもの。絵と言葉がいっしょになって、はじめて世界が立ちあがるということのエキサイティングさ、読むとも言え、見るとも言えることの奥深さ。

『ちょうちょのために　ドアをあけよう』は、縦17センチ、横13・5センチの小さな本だ。ルース・クラウス文、モーリス・センダック絵という黄金の組合わせ。まずタイトルに心を奪われる。ちょうちょのためにドアをあけよう、だなんて。

表紙の色味（何と呼べばいいのだろう。たまご色？　ごく薄い黄土色？　ベージュの濃淡？）もそこに描かれた絵も、子供たちがペアになって踊る見返しもシック。そしていよいよページをめくったら――。

子供たち子供たち子供たち。物静かだったりやんちゃだったり、くすくす笑ったりとび跳ねたり、歌ったり考えたりする子供たち子供たち子供たち。どのページも、黒と白だけの繊細な絵（文字は茶色）と、子供たちのつぶやきで溢れている。「もしも　みえない　ともだちを　わすれて　でかけちゃったら　かえってきたとき　どこを　さがす？」とか、「おにいちゃんの　よくないところは　ぼくが　ぶつと　ぶちかえしてくるところ」とか、「シリアル　もって　はしったら　ハシリアルー！」とか、「パジャマは　ピンクに　かぎります」とか。

詩的なものあり、笑っちゃうものあり、ナンセンスあり、なんでもあり。読んでいると元気がでる。子供のころに見えていた世界や身体感覚を（すこしだけ）思いだしたり、なるほど、と膝を打ったりもする。「いっつも　ねるじかんより　あとでねるから　ねむたいの！」とか、「ちいさな　かみなりなら　ぼくは　すき」とか、「おにいちゃんや　おねえちゃんたちが　けっこんすると　おかあさんと　おとうさんは　ぼくのもの」とか。

くり返し眺めながら、いま子供でない人もみんなかつて子供だったのに、こういう感覚はどこに行ってしまうのだろう、と考えたり、いやいや表面化していないだけで、身体のどこかにひそませているはず、と勇敢な気持ちになったりする。

（「毎日新聞」2022・6・18）

テジュ・コール　小磯洋光訳
『オープン・シティ』（新潮クレスト・ブックス）

心に響く小説だった。が、ストーリーを説明するのは難しい。というのも、無数の物語を内包し、ほとんどどの頁のどの行からもそれが目に見え、耳に聞こえ、間断なくこぼれてくるとはいえ、この小説自体のストーリーはといえば、精神科医のジュリアスが散歩し、思索し、回想し、観察し、ときどき人に会い、休暇をとって旅をし、また日常に戻って散歩をし、思索し、回想し、観察し……というだけ（といえばだけ）なのだから。

それがこんなに新鮮な小説になり得るということに、うれしく目を瞠《みは》った。

そこにはまず、徹底した言語化がある。街を、音楽を、絵画を、写真を、映画を、言葉に移すことができると誰が思うだろう。感情的にならない描写は職人的で、読む者に自由な視野を与えてくれる。

自由な視野――。この本を読む上で、それはぜひとも必要なものなのだ。

一つの景色にいくつもの物語がひそんでいるということを、写真家でもある著者はよく知っている。たとえば土砂降りの雨によって景色が変る場面があり、そこから立ちあがる過去が確かに感じとれるのだが、その静かな描写を読んでいると、どんな街にも歴史が上塗りされていくことや、人はみなそういう街に暮しているのだということ、歴史を知っていようといまいと、それに思いを馳せようと馳せまいと、そのただなかにいるのだということが鮮烈にわかる。派手にチェーン展開していた貸しビデオ店の閉店、というようなささやかな変化もまた、その大きな流れに連なっている。

ジュリアスはやたらに歩きまわるので、ときに「必要のない不幸を目撃」したりもする。それはたとえばそれ程大きくはない交通事故だったりするのだが、おなじときにおなじ場所にいてさえ、その当事者と非当事者では見えている世界がすっかり違う、という、シンプルだけれど驚くべき事実がいきなりそこに出現する。世界は亀裂だらけなのだ。そういう亀裂を、著者は小説のあちこちに投げ込む。

だから、主人公と他者とのやりとりはつねにおもしろい。挨拶程度にしか口をきいたことのない隣人、電車に乗り合せた人、道ですれちがう人、たまたま言葉を交わしたマラソンランナー、タクシー運転手、靴磨きのハイチ人、飛行機で隣合った老婦人、不法滞在者勾留施設にいたリベリア人、旅先で出会った人々、コンサートホールで見かけた老女——。基本的に悪意も利害もない、おなじ世界の構成要素である他者。敬愛する老教授や、同郷の友人の姉、別れたガールフレンドといった、彼にとって個人的な意味を持つ人々ではない人々、いわば風景の一部としての他者だ。ジュリアスは「いっときアパートメントから鳥の渡りを観察するのが習慣になっていた」のだが、それらの他者は彼にとって、「空のそこかしこに泡のように現れる、ほとんど色彩を欠いた点」である鳥と似たものだ。

ひっきりなしに思索しているジュリアスは、いろいろな人と議論もする。だからここにはたくさんの考察がある。ヘイトクライムについて、移民をめぐる現状について（「描写の犠牲者」について）、政治について宗教について歴史について、小説について（「オリエンタルでありたいという衝動に抗う問題」について）、精神医学について薬草について死について、はてはトコジラミについてまで。考えさせられる問題ばかりだし、読んでいて刺激的でもあるのだが、考察はあくまでも考察であり、語り手であるジュリアスは淡々としてそれをこなす。そこ——というのはつまり、主人公の世界との距離のとりかた——こそがこの小説を非凡かつ優雅にしている。ある意味では、世界の諸問題もまた鳥の渡りのようにただここに存在するものであり、歴史の（あるいは現在という時空間の）構成要素の一つなのだ。

ジュリアス自身がどういう人物として描かれているか（年上の女性との唐突なアバンチュールの一幕とか、ややスノッブな趣味嗜好とか、老教授の死に対する反応とか、同郷の友人の姉との関係とか）は実際の本で読んでいただくとして、小説には、ジュリアスの故郷ナイジェリアでの出来事がたびたび織り込まれる。家族の記憶、学校生活、親しかったわけではないのに心を惹かれた祖母のこと。親しさの基準の曖昧さは、この小説にくり返し現れるモチーフの一つだ。人は人を、何をもって親しいとか親しくないとか言うのだろう。

こういう文章がでてくる。「後年、母と疎遠になったずっとあとで、母の人生をよく想像してみた。それは人間や経験や感覚や欲望が存在したが今や消滅してしまった世界であり、奇妙にもいつのまにか私が連なっている世界だ」

ここにあるのは、誰にとっても「奇妙にもいつのまにか」、自分が連なっている世界なのだ。

（「毎日新聞」2018・2・18）

佐野洋子『わたしが妹だったとき』（偕成社）

美しい言葉や文章が書ける人はたくさんいるけれど、美しい魂をもった言葉を書ける人はごく稀だ。だから、私はときどき佐野洋子さんに烈しく嫉妬する。

こういう文章を書く人は、まちがいなく心の美しい人だと思う。それも、天性に。天性じゃない心の美しさというのは謂《いわ》ば比喩としてのそれで、たいていただの親切かただの無垢だ。それはべつに悪いことではないのだろうけれど、特別いいこととも思われない。

佐野さんにおける心の美しさというのは、もっと明快なことのような気がする。たとえば佐野さんの脳みそや心臓をとりだしたとき、他の人たちのとは全然ちがっている、とか。目がさめるように青い、とか。

それをみたらみんなおどろく。これが美しい心の持ち主の心臓か、と。そして、ここが大切なのだけれど、きっと佐野さん自身もすごくおどろく。あとから友達に電話して、もうぶったまげちゃったわよ、と言ったりする。

だからこそ、佐野さんはあらゆるプラスの呪詛《じゅそ》から解放されている。

プラスの呪詛というのはなにかというと、あらゆるプラスに伴う、ある種の気恥かしさ。たとえば、私はおしゃれな人をみるといつも少しだけ気恥かしい気持ちになる。おしゃれ、というのは無論プラスの事柄なのだけれど、その人がおしゃれだということが他人にさえわかるくらいだから、本人もわかっているにちがいない、と思うと居心地が悪いのだ。その人が悪いわけではないけれど。

佐野さんはたぶんおしゃれだ。だって、お会いするときはいつもとても格好いいし、すごく上等そうな靴をはいている。そうしてそれにもかかわらず、おしゃれという言葉はなんとなくそぐわない。佐野さんのそれは人を気恥かしくさせないから。それは、たとえばしまうまのしまを美しいと思うのに似ている。(しまうまも、佐野さんとおなじくらい正しい心の持ち主なのかもしれない)

気をつかうという行為もそう。その人がよく気のつく人だとわかったとたん、私はなぜだか困惑してしまう。そして、佐野さんはたぶん周囲にとても気をつかうかただ。でも、見事に誰も困惑させない。

一度、一泊旅行にまぜていただいたことがある。とても楽しい道中だった。佐野さんが気をつかっていたと気がついたのはうちに帰ってからで、しかも、いつ、どうやって気をつかってもらったのか、となるとさっぱり思いだせなかった。天性の心の美しさというのは、たぶんそういうこと。

佐野さんには野生の匂いがする。

この解説文の依頼があったとき、私は、この、『児童文学の魅力──いま読む１００冊・日本編』に、他にどんな物語が収められるのか知らなかった。おまけに、不勉強で一九九五年に刊行されたという『海外編』もみていなかったので、一体どんなものなのか見当がつかなかったが、私が解説を書かせていただくことになった二冊をみただけで、きっといいアンソロジーになるにちがいないということはわかった。

そして、編集委員五名の名前をみながら考えた。『わたしが妹だったとき』を最初に推した人は誰だろう。センスのいいのは勿論のこと、すごく物事をわかっている人だ、と。

『わたしが妹だったとき』は、声高に感想を述べたりしたくない本だ。余計な解説をつけるなどもってのほか、親しい人に話すことさえはばかられる。

心の、いちばんやわらかいところに触れる物語だ。

兄妹は哀しい、と思う。ここにでてくる「わたし」と「お兄さん」だけじゃなく、兄妹というものはどういうわけか哀しい。いつか失われるものの存在を内包しているせいかもしれない。佐野さんはなんにも説明しない。だから私たちはすごく単純にそこにいく。それをみる。それに触る。そこで息をする。

ここには五つの物語が収められている。「はしか」と「きつね」、「かんらん車」と「しか」と「汽車」。ひそかな、プライヴェートな物語。

プライヴェートと書いたのは、佐野さんに実際にお兄さんがいたからではない。あくまでも読者にとってのプライヴェートさ、読者一人一人に対して物語が喚起する力のことだ。しっとりと湿ったやわらかい土の匂いで、肺も鼻の穴もみたされるような気がする。

佐野さんには『右の心臓』という長編小説もあり、そのなかの、亡くなったお兄さんを柩《ひつぎ》に入れる場面は鮮烈この上ないのだけれど、そこに漂うプライヴェートさとは、だからこれは少し性質のちがうものだ。どちらも語り手の気持ちの密度や記憶の鮮やかさを背景にしているとしても。

ここには、ほんとうに必要な言葉しか書かれていない。そして、どの言葉も美しい魂をもって立ちあがってくる。

たとえば、

〈やっぱりわたし、病院の中からこっちを見ていたほうがよかった。〉

という言葉(「はしか」)、

〈だって、ペスはお兄さんの犬だもの〉

という言葉(「かんらん車」)、

〈あしたまた、運がよかったらね〉

という言葉(「汽車」)。

読みすすむうち、読者はいやおうなくはだかにさせられる。気がつくと、はだかの子供が心細く立っている。

(『児童文学の魅力――いま読む100冊・日本編』文溪堂 1998・5)所収

佐野洋子『役にたたない日々』（朝日文庫）

タイトルに「日々」とあるとおり、これは日記のかたちで書かれたエッセイ集で、二〇〇三年の秋から二〇〇八年の冬までの、著者の暮しと思うところが綴られている。

ここには、だから最初六五歳で、やがて七十歳になんなんとする、一人の女の人がいてその日常がある。彼女は「絶品」のレバーペーストを作ったり、「鍋に昆布をしいてその上にさんまを並べ、にんにく一個分全部むいて、入れ、しょうゆと酒を同量入れて弱火で煮た」りする（他にもいろんな料理がでてくる）。テレビを観たり買物に行ったり、友達に電話したりする。自分が呆けてしまったのではないかと不安になって、「老人病院」に行く。ほんとうに呆けてしまったお母さんに、会いにも行く。昔のことをたくさん思いだす。かと思えば韓流ドラマにはまって韓国に行ったりもする。ときどき友達を訪ねたり、友達が訪ねてきたりする。「子孫」に買ってもらった真っ赤な携帯電話でメールを打つこともするし、年若い女友達と抱擁し、その子の「でっかいオッパイ」に感じ入ったりもする。そうするうちに季節は移り、日々は流れる。

語り口は率直で大胆、木綿豆腐のようにざらりとした滋味がある。私はこの人の文章を読むたびに、人間の上等さということを考える。品のある人にしか書けない文章というものがあるのだ。本質的な、性質の美しさのようなもの。

ところで、この本はおそろしく壮絶な本でもある。綴られている日々のなかで著者がガンになり、余命を医者から聞いて具体的に知る、ということとそれは無関係ではないけれど、必ずしもそれでというわけではなくて、たぶんただ、必然的に壮絶な本なのだ。

ここにある壮絶さというのは、著者の身に起きたことのそれではなくて、著者の目に映る世界のそれである。人間一人一人の色あざやかさ。人生一つ一つの、と言いかえてもいい。おもしろさ、おそろしさ、悲しさ、不可解さ、苦しさ、滑稽さ、やるせなさ、何でもいいのだ。ともかくおそろしく強烈なもの、唯一無二のもの。

世の中を見る著者の視線がそもそもあまりにも率直で、そこにぶれがないために、たとえば冒頭近くにでてくるよその女たち——ある朝コーヒー屋で見かけただけの、名も知らぬ他人たち——でさえ、鮮烈な存在感を放ってしまう。「朝めしバアさん達」として一度だけ描写されるその女たちは、それぞれ一人で、セルフサービスのコーヒー屋で朝食をとっている。おもいおもいの服装で、「誰も人と話をしないで」坐っている彼女たち一人ずつに、どんな事情と人生があるのか知りたくなった。無論知りようはないのだが、もしこの世の誰も知らなくても、間違いなく、事情も人生もあるのだ。そのことの壮絶さ。

通りすがりの人たちでさえそうなのだ。日記のあちこちに登場する、著者の記憶のなかの家族や、周囲の人々——ユユ子とかササ子とか、ミミ子とかノノ子とかペペオとか、ふしぎな名前を与えられた友人知人の一人一人——の、生気の放ち様にはびっくりする。おもしろくて、でも打ちのめされる。人々というのは、なんて強烈なものなのだろう。

そして、日々は地味にたんたんと続いていく。不機嫌な文房具屋がいたり、失礼な水道局員がいたり、「大工とつるんで自分のベッドを作った」おばあさん（くわしくは本文参照のこと）がいたりする、奇妙で鮮やかな世の中で。

（「毎日新聞」2008・5・18）

『佐野洋子 とっておき作品集』（筑摩書房）

佐野洋子さんはシックなひとだ。浮わついたところがどこにもない。浮わついてばかりいる私は、だから一抹の悲しみとともに、佐野さんに憧れずにいられなかった。手元の仏和辞典でシック（Chic）をひくと、①シックな、洗練された ②（くだけて）すてきな ③（くだけて）親切な、気持ちのいい とあり、②と③についている（くだけて）がなんとなく可笑しいが、それも含めて、やっぱり佐野さんに似合う気がする。それに、佐野さんはエッセイのなかでたびたびご自分の血圧の低さに言及されている。私の意見では、シックなひとというのは血圧が低くなくてはいけないので、この点でも、佐野さんはやっぱりシックなのだった（言わずもがなだが、私の血圧は高い。体質なので如何ともしがたく、この世には、憧れても届かないものがあるのだと思い知らされる）。

佐野さんが亡くなったとき、私は、私ごときが悲しんではいけないような気がしたが、それでも、世界から佐野洋子が欠けた、と思うとこわいような淋しさを感じた。とりかえしがつかないじゃん、と、佐野洋子的口調で思い、あーあーあーあーあーと、これもまた佐野洋子（のエッセイ）的口調で思った。あーあーあーあー、どうすんのよあんた。

私の知っている佐野さんの言葉は、ほとんど全部、エッセイのなかの言葉だ。「大人になりつつ、子供の智恵を保持することは難しい。しかし佐野洋子はそれをやりとげて」いる、と評したのは故河合隼雄さんだが、まさにその通りの、普段言語化しない感情が言語化される快感に満ち、読んでいると、自分が曇りも妥協もない眼球を獲得したような気がする（あまつさえ、そうそう、以前からほんとうは持っていたのよ、という気すらする）、あのたくさんのエッセイ、そっけなさの向うに矜持の見える、あの言葉たち。

本書にも、それはぎっしり詰まっている。おまけに手描きの服装変遷史まで！　なんて贅沢、なんて嬉しい、したたるみたいにサノヨーコ。

収録作全部、どれもどれもいいのだが、とりわけ「童話」と「ショート・ストーリー」が鮮烈だった。どうすれば、こんなふうにまっすぐに、飾らない言葉で物語が書けるのだろう。私は「かってなクマ」を読んでうなり、「いまとか あしたとか さっきとか むかしとか」を読んで動揺し、「先生、おしっこ」を読むに至っては驚愕した。この人は、どうしてこういうことを――もちろんこれはフィクションであり、事実を書いているわけではないとわかっているが、それでも私は言わずにいられない――憶えているんだろう。こういうこと、というのはたとえば学校という場所のこと、そこでほとんど発言権を与えられない子供たちの、一人一人が異なっていること、授業中にトイレに立つときの、「ろうかに出たら、体がぐにゃぐにゃみたいになった。きゅうに体がらくらくしてきて、やたらとうれしいきもちになった。ろうかはしーんとしていて、誰もいなかった。誰もいないろうかなんか、はじめて見た。ぜんぜん学校みたいじゃなかった」という身体感覚および気持ちのこと。私はこの短い物語の「わたし」でもあり「みちこちゃん」でもあったころの記憶に圧倒されて、しばらく茫然とした。

それにしても、これらの輝ける単行本未収録原稿は、著者の死後十年間、いったいどこにあったのだろう。著者の自宅の机のひきだしとか、ベッドの下の箱だろうか。出版社の、編集者のロッカーとか紙挟みとかだろうか。わからない。わからないけれど、こうして一冊の本になり、読めるのは——シック！——嬉しいことだ（Chicは、間投詞にすると「やった！」「ラッキー！」という意味になると、辞書に書いてあった）。

シックな本。ご本人のいない世界で、一抹の悲しみとともに、そう思う。

（「ちくま」2021・4）

柴田元幸編訳／バリー・ユアグローほか
『昨日のように遠い日　少女少年小説選』（文藝春秋）

本にはそれぞれ気配があり、いい気配を放っている本は間違いなくいい本である。だから私はインターネットで本を買うことができない（本の気配は表紙の紙質や手ざわり、色や活字の種類などから立ちのぼってくる）。

『昨日のように遠い日』は、めったにないほどいい気配を放っている本で、手にとったとき、私はほとんどびっくりした。たとえば焼きたてのパンや、上等な羽根のいっぱい詰まった羽根布団を前にしたときとおなじで、食べなくても、眠らなくてもわかることというのがあるのだ。見ただけで、匂いをかいだだけで、触れただけでわかること。

読んでみて、心底納得した。こんな物語が詰まっていたら、本はそりゃあいい気配を放ってしまうだろう。どの物語も、どこにもよりかかっていない。毅然として、清潔に、お行儀のいい子供みたいに孤独に収まっている。

胸のすくような幕あけのバリー・ユアグローは、短く、美しく、小さな切り傷みたいなかなしみを秘めている。「少女少年小説選」の冒頭に置かれた一編として、これ以上はないという完璧さだ。「ホルボーン亭」と「灯台」のアルトゥーロ・ヴィヴァンテは、よくも私はこの作家を、これまで知らずにいられたものだ（といっても巻末の邦訳書一覧にないので私が知れるはずもないのだが）、とくやしくなるすばらしさで、たとえば、子供のころにたくさん持っていたビー玉のなかでも特別きれいだった一粒、ひっそりと静かで、他のビー玉とはまるで違う光を帯びていた一粒、みたいな二編だったし、次に五作収められたダニイル・ハルムスときたら、と、順番に書こうとすればただただ絶賛することになりそうなのでやめる（でもこの人の、「おとぎ話」を私は傑作だと思う。ささやかでこざっぱりした傑作）。

ほとんどの物語が少年か少女を主人公としているのだけれど、少年や少女である時間の特別さというのは、それが大人たちの日々とおなじ時空間に存在するために、ある意味で閉じられ、そこにおもしろいひずみが生れる。この本のなかには、そのひずみが、たくさん、さまざまな形で存在している。いま確かにここにある、けれどいつか失くなってしまうひずみ。どの作家も、それを全く感傷的なふうには扱っていない。小説にとって、ひずみは勿論おもしろいものなのだ。個々の人間にとっては、記憶が感傷をひきおこすかもしれないとしても。

世界には大人もいるし子供もいる。老人もいるし、若者もいる。おなじ空間に、それぞれの時間が流れている。そのことを、無駄のない文章で、きわめて印象的に書いているのがアレクサンダル・ヘモンだと思う。「島」というこの一編は、一人の男の子が両親と一緒に、ある夏を、伯父さん夫婦の住む島で過ごす話だ。揺れる水面、日ざし、蜂蜜のびん、「ラベンダーと、蚊とりスプレーと、アイロンをかけ立ての清潔なシーツの匂い」、水がわりに噛んだスイカ、「波のはにかみ気味のささやき、源のない音楽のエコー、ボートのエンジンのさえずり、子供たちの金切り声、オールが水をはね上げるシンコペーションを伴った音」。彼の見たもの、聞いたもの、温度と湿度、そして匂い。抽象的な意味ではなく徹底して具体的な意味で、子供の視点が物語を貫いている。両親も伯父夫妻も、おなじ場所でおなじことをしているのに、生きている時間は全然違う。そのことの、何ていう決定的さ加減。この世は実に重層的にできているのだ。

アイルランドの土や草や花々や木々、風や空や太陽を背景に、少女とおばあさんの共有する時間を描いた「修道者」にも、それは感じとれるはずだ。

全く趣が違うけれど、スティーヴン・ミルハウザーの「猫と鼠」もおもしろかった。ここには子供も大人も老人もでてこない。タイトル通り、猫と鼠がいるだけだ。「トムとジェリー」という漫画（そう特定されているわけではないが、どうしたってそうだ）を、きわめて厳密に文字にした一編で、この一冊のなかで、私はいちばん驚いた。言葉の持つ力、その喚起力と深み、凄み、にたじろいでしまう。こわいのだ。漫画ならちっともこわくないのに。とてもブラック。ミルハウザーの精確で緻密な文章は、ここにでてくる猫と鼠の、滑稽さや悲哀は勿論、もっと根源的な何か――ときに哲学的で、ときに絶望的でもある何か――まで容赦なく浮き彫りにしていく。

ああ、紙面が尽きてしまう。附録の漫画の幸福度にも触れたかったのに！！　ともかくこの本は、私に大きな喜びをもたらしてくれた。レベッカ・ブラウンの、いかにもレベッカ・ブラウンらしい清潔な手際の「パン」も、最後に用意されたウォルター・デ・ラ・メアの、まるでろうそくをそっとふき消すかのような、黄昏《たそがれ》の光にも似てやさしい、繊細な一編も。

この一冊のタイトルが「昨日のように遠い日」であることも心憎い。まだ三月ですが、たぶん今年の私のベストワンです。

（「本の話」2009・5）

ミランダ・ジュライ　岸本佐知子訳『いちばんここに似合う人』（新潮クレスト・ブックス）

脈打つ、というのが、この本を読んで頭に浮かんだ言葉だった。脈打つような小説、というのが。パーソナル、というのが、次に浮かんだ言葉だ。しかも二重にパーソナル。なぜ二重かというと、一つ目はまず中身。この短編集には全部で十六の小説が収められていて、そのほぼすべてが（一編だけ例外があり、「その人」というタイトルのその一編は、形として三人称で書かれている。

けれど実質的には、作中で語られる〝その人〟よりも、誰であれ語っている〝話者〟の内面の方が映しだされる小説であり、その意味ではこれも、例外ではないといえるかもしれず)、一人称で書かれているのだが、全編、人の意識の内側を見せるような小説なのだ。つまり十六人分のパーソナル。長年の知己とか家族とかにも見せない(見えない)部分を、彼らは読者に見せてくれる。

一見風変りな、けれどおそらく誰でもがそうである程度にねじれた普通の人々が見せる自分と他者、自分と世界。人は、誰しもこんなにも独特で、こんなにも一人ぼっちなのだという普遍。

友人に、妹を紹介してやるとたびたび言われ、会ったこともないその妹に恋をしてしまう老人と、彼に、妹を紹介すると言い続けるもう一人の老人と、を描いた「妹」にしても、うまくいかなくなった夫婦が、ごく些細なある経験を共有することによって、思いだす何かと、その先にたどりつく場所(抽象的な言い方でごめんなさい。具体的なことは読めばわかります。美しくてかなしい話です)、を描いた「モン・プレジール」にしても、海も川も湖もプールもない町で、三人の老人に水泳を教えた若い女の記憶をめぐる「水泳チーム」にしても、読んでいて一編ずつ虚をつかれる。これまで誰にも言わずにきたこと、あるいは忘れていたこと、がそこに書かれていると感じてしまう。リアリティの在りどころ、にぶれがないせいなのだろう。

同性愛者である若い女の子の、奔放といえば奔放な、切実で誠実で不器用で、微笑ましく勇敢な日々を綴った「何も必要としない何か」も、どう考えても名作だと思われる「子供にお話を聞かせる方法」も、とても他人事《ひとごと》とは思えない。

これらの短編を読むと、物語はつくられるものではなく、発掘されるべきものだ、ということがよくわかる。小説は著者が書くので、著者によってつくられるものだ。でも物語は違う。ミランダ・ジュライは物語の発掘能力に長《た》けた作家だ。そして、そのことが二つ目のパーソナルを生んでいる。十六編全部に、著者の世界観、人間への眼差しが感じられて、たとえばきわめて性能のいいレンズ、としての作家の、息づかいがそこにいきいきとあるのだ。見る、ということ、待つ、ということ、そもそもの初めからそこにあったはずの物語が、顔をだすその瞬間をとらえる、ということ。

ミランダ・ジュライが映画監督で（「君とボクの虹色の世界」という、可笑しくもやさしい映画を撮った人です）、現代美術のインスタレーションも手がけていることと、それは無関係ではないだろう。彼女のそういう側面が、小説のあちこちをとてもいい形で光らせていて、たとえば手作りのキモノ風ローブを着た女たち（「十の本当のこと」）、たとえば駆けていく小さな茶色い犬（「マジェスティ」）といった、ストーリーの外側、消えていく景色、が見事に鮮烈な印象を残す。

（「毎日新聞」2010・11・14）

庄野潤三『野鴨』（講談社文芸文庫）

庄野潤三さんのお仕事を尊敬している。初期の短編小説は端正だし、交友録やアメリカ滞在記といったエッセイは、どれもみんな滋味深い。けれど何と言っても圧巻なのは、庄野さんが長年ひっそり書き継いでこられた、一連の長編家族小説群だろう。

若き日の庄野さんが、これからどんな小説を書きたいのかと問われて、シュークリームを食べながら紅茶を飲むような小説を書きたいとこたえた、というエピソードが幾つかのエッセイにでてくるのだが、庄野さんの書かれた家族小説は、まさにまったくそれだと思う。おっとりしていて、あかるく、身近なのに特別で、心愉しい。

たとえば『野鴨』は、主人公の井村夫婦に最初の孫が生れたばかりのころの話だ。かつて少女だった和子が新米ママ、やんちゃな少年だった明夫と良二は大学生と高校生で、のちの作品で活躍するフーちゃんは、まだ存在もしていない。若夫婦の日々ではなく老夫婦の日々でもない、いわば中間の日々が描かれる。二人とも落着いているけれど、まだ体力もイキのよさもある。家族や親戚に結婚や出産といった慶事も起るけれど、その分自分たちは着実に老いて、いまは亡き人々（作中で回想される死者たちの、陰影を伴った確かな存在感！）に近づいていく。とどめ置けない日常というもののかけがえのなさを、言葉のみによって定着させようとする大きな試みは、この一冊のなかでも見事に完遂されている。

どんな家族にもその家族だけの時間が流れ、ときに、家族だけに通じる言いまわしというものが発生する。井村家の場合、「ざんねん」（「残念雑炊」が縮まったもので、詳細は小説で味わってほしいのだが、鍋のあとの雑炊のこと）とか、「かまきりす」（かまきりのことをずっとかまきりすだと思っていた、と隣家の奥さんに聞いた和子が、その後、庭でかまきりを見つけるたびに、

「かまきりすがいますよ」と隣家の奥さんに教える）とかがそれで、しみじみおもしろい。普通なら家族以外が知ることのない、ささやかでプライヴェートで特別な言葉たち――。言いまわしに限らず、そういう特別な物や事や時間が、ここには惜しげもなく豊かに書きつけられている。

庄野さんが亡くなられて、今年で十三年になる。でも、贅沢な小説が、うれしいことにたくさん残されている。

（「日本経済新聞」2022・6・11）

エリザベス・ストラウト『オリーヴ・キタリッジの生活』

小川高義訳（ハヤカワepi文庫）

オリーヴ・キタリッジは、アメリカ北東部の田舎町に住む元教師で、ヘンリーという名の夫は薬局を経営している。彼らの一人息子のクリストファーは無口な子供だったが、成人して「足の医者」になり、その後二度結婚する。オリーヴは大柄な女で、頑固で、思考にも行動にも甘ったるいところがない。ずけずけ物を言うので、町の住人のなかには彼女を嫌っている人もいる。ヘンリーは穏やかな性質の男で、やさしいのでみんなに好かれている。この二人が夫婦だというのはおもしろいことだけれど、格別珍しいことでもないわけで、ええ？　あの二人がなぜ？　とか、どこがよかったんだろう、とか、どうやって気持ちを伝えあったんだか想像もつかない、とか、周囲が思う夫婦はたくさんいる。大事なのは〝なぜ〟でも〝どんなふうに〟でもなく、〝ともかく〟〝事実として〟〝厳然と〟夫婦だということで、エリザベス・ストラウトの筆は、冷徹なまでに彼らを、そして世の中を、そう扱う。事情はどうあれ、そうなんだから仕方がないでしょう、というふうに。

世の中――。これはある町に住む人々を描いた連作短編集で、だから世の中について書かれた小説だということもできる。一編ずつの完成度の高さは瞠目に値する（誤解を恐れずに言えば、昔、英語の教科書やサブテキストで読んだ〝名作〟みたいだと思った）のだが、十三編通して読んだあとの印象は、断然長編小説のそれだ。両方味わえる。優れた短編小説の醍醐味と、質のいい長編小説の持つ豊かさと。

登場人物がたくさんいる（オリーヴ・キタリッジはそのなかの一人にすぎない。でも、彼女は自分が主人公ではない短編にも、ヒチコック映画のヒチコックみたいに顔をだす）。

たとえば、アンジェラ・オミーラは、週に四日、〈ウェアハウス・バー&グリル〉という店でピアノを弾く。そろそろ五十歳になるこの赤毛の女性は独身で、でも二十二年つきあっている恋人がいる。アンジェラの、ある一夜を描いた繊細かつリリックな一編が『ピアノ弾き』だが、作中で、店に来た客のヘンリーのために、彼女は「おやすみ、アイリーン」という曲を弾く。彼女とヘンリーのあいだに特別な関係はなく、彼女はただ仕事だから、そしてヘンリーがいい人だから弾くのだ。

たとえばハーモンという男性には妻も子供もいて、でもデイジー・フォスターという、夫と死別した女性の家に足繁く通っている。そこに、ひょんなことから若い女が登場する。ハーモンは妻とデイジーのあいだを往き来しながら、この若い女を自分とデイジーの娘であるかのように、勿論違うとわかりながら錯覚する。たびたびでてくるドーナツの描かれ方が秀逸な、『飢える』という一編のなかで、ハーモンはデイジーの家で、ばったりオリーヴにでくわす。ハーモンとオリーヴのあいだに特別な関係はないのだが、オリーヴとデイジーは親しいので、そういうことも起こる。

すこしずつ、すこしずつ物語がつながっていく。一つの町を舞台に、たくさんの人生が交錯する。彼らの人生を観察して写しとる作者の手つきは冷静そのもので、オリーヴ・キタリッジの性質同様に、容赦がない。

すべての登場人物に、語られない場合でも両親がいて、子供時代があり、屈折やら喜びやら失望やら、他人に言わないことや見せないものや、思い出や欲望や紆余曲折があり、でもそれらは当然の前提で、わざわざ書くまでもないでしょう、というふうに、エリザベス・ストラウトは書くのだ。

そして、細部。細部、細部、細部。意地悪なほどたっぷり描写される細部によって、人の性質も人生も、否応なくあぶりだされてしまう。ハーモンのドーナツしかり、オリーヴのドレス(『小さな破裂』)しかり。緑色のふんわりしたモスリン地に、赤みの強いピンクのゼラニウムがプリントされたそのドレスを、オリーヴは息子の最初の結婚式の日に着る。生地が気に入って、オリーヴ自ら縫ったこのドレスをめぐってちょっとした事態が発生するのだけれど、晴れた、美しい六月の午後のこの場面は、小さいけれど鋭い棘のように、オリーヴのみならず読んだ者にまでささる(小説には、棘のささったオリーヴの、驚くべき〝仕返し〟も描かれる)。

おもしろいのだ、結局のところ人というものは。夫婦、親子、友人。様々な形で結びつきながら、不安定で、よるべがない。そのよるべなさが、こういう小説になる。

主要登場人物たちの平均年齢が高いので、そこには老いや諦念や、病や死や、共有もしくは理解の否定、としての沈黙が横溢している。それでもなお、人生の艱難辛苦《かんなんしんく》と同時にある種のフェアさが、その人生に翻弄される人間の、複雑さや厄介さと同時に優雅さが、読みすすむうちにひたひたと胸に満ちて、小説ってすばらしいなあと思わせる一冊なのだった。

（「毎日新聞」2011・2・13）

瀬戸内寂聴『私（わたくし）解説――ペン一本で生きてきた』（新潮社）

「人の小説の解説という仕事は、労多いばかりで報われることの少ないもの」であり、「最も書いて欲しい方々に書いていていただくのに気がひけ」るという理由で、全集の作品解説を全部自分で書いてしまった寂聴さんの情熱と大胆さにまず驚くが、読み進むうちに背筋がのびて、ほんとうに頭がさがる。瀬戸内寂聴という小説家の精髄に、たびたび出くわすからだ。

これは作品解説であるだけじゃなく、ショートヴァージョンの自伝でもあり、率直な語り口で鬼気迫ることが書かれている。生者死者を問わず、彼女が出会った（あるいは作品のために調べた）さまざまな人の声もこだましていて、それが現実とフィクション、過去と現在、この世とあの世の境を越えて迫ってくる。

なぜ出家したのかという問い（ご本人もたびたび訊かれ、言葉ではうまくこたえられなかったと告白されている）に対するこたえがはっきり書かれているわけではないのに、本書を読むと、不思議なほど腑に落ちる。書く／読むを通してこれだけ物語によりそい、精神的に時空を超えてしまったら、こちらだけにとどまってはいられなかったのではないだろうか。

すべての章に力強く表れているのは書くことへの執念と自負（「身辺におこるすべての事実を、小説にしてしまわなければ気持が収まらないというのは、私の負った業であろう」）だが、書く行為そのものを語る筆は、これらの文章を書いたときの寂聴さんが八十近かったことを考えると、信じられないほど瑞々しい。

「最初の一行が書けたら、次はあとから湧いてくる。ペンがひとりで走り出す」とか、「一作書き上る度に、両手をあげてひとり歓声をあげたいような歓びを味わっ」たとか――。

女が物を書くのが（というより、そもそも職業を持つのが）いまよりはるかに困難な時代から、ずっとそうやって一人で黙々と小説を書いてきた人の姿が頁のあちこちに見えて胸がいっぱいになる。

とても美しい本だ。文学というものに、つねにまっすぐ向き合ってきた人の本。自作一つずつについての、異様なまでの記憶力にも圧倒される。

「関りのあった人の死を、一人残らず書き止めて置いても、私自身の死を自分では書き残すことが出来ないのが、私にはもどかしいような皮肉なようなある滑稽な感じを呼び起す」という言葉はきっと、偽らざる本音だったに違いない。

（「週刊新潮」2022・7・21）

ジュノ・ディアス　都甲幸治・久保尚美訳
『こうしてお前は彼女にフラれる』（新潮クレスト・ブックス）

この物質的にスリムで内容的にきわめて豊満な短編集は、より大きな物語の一部として構想されているらしいのだが（そして、その全体が私はたのしみでならないが）、そういうことは抜きにして、一冊だけで、文句なくおもしろい。一編をのぞくとすべて、ユニオールという男性（アメリカ合衆国在住の、ドミニカからの合法的な移民）が主人公だ。五編が彼の一人称、三編が彼を「お前」とした二人称で語られる。

厚い本ではないし、一編ずつも短いのに、ものすごく読みごたえがあるのは、知的な文章のせいだ。短いセンテンスで、リズミカルに、徹底的に無駄を排してストレートに書かれているにもかかわらず、文字量より遥かに多くの情報を孕み、遥かに多くを理解させ、遥かに多くを語る文章。ほんとうに、驚くほど知的。登場人物のほとんどが移民であることが、物語の幅と奥行きと本質に関わっていて、一人ずつが体現している距離と時間が長大なために、一編ずつが内包するそれも、頁数がどうあれ膨大になる。実際、物語の中心となるドミニカ出身者たち以外に、たとえばペルー人がプエルトリコ人がイラン人がグジャラート出身の男が、「ポーランド野郎」が「イカれたキューバ人」が「生粋のケンブリッジ生まれのカボヴェルデ人」が、いっそ笑ってしまうようなありふれ方で顔をだし、さらに、おなじドミニカ人でも「モカ出身」と「バイモア出身」では当然違うわけであり、そんなの大したことじゃない、だってあたりまえなんだから、というふうに著者は人種をちりばめる。

そうやって語られるのは、主に主人公ユニオールの女性遍歴。男女のあいだに発生する種々の事象——魅惑、欲望、疑惑、嘘、愛情、愛着、甘え、かけひき、未練、喧嘩、嫉妬、浮気、拒絶、などなど——が、ユーモラスに、けれどおそろしく冷静に描出される。ユニオールは好色なので、たくさんの女がでてくるのだが、言動から浮き彫りにされる彼女たちの個性は鮮やかそのもの。一方、主人公による女性描写の冴え方はときに残酷なほどだ。「話しかけたら絶対につまんない話の渦に巻き込んでくるという、例のおとなしくてちょっと頭の弱い女の子の一人」(『ニルダ』)とか、「その長くしなやかな首は馬みたいで、大きなドミニカ風の尻はジーンズを越えた四次元にあるようだ」(『アルマ』)とか。痩せていて「めちゃくちゃに筋張って」いる白人中年女性のミス・ロラなどは、主人公ではなく彼の母親たちに、「あの人、まるでミミズでいっぱいのビニール袋みたい」とまで言われる(『ミス・ロラ』)。ここでもまた、これらの描写が読者にわからせるのは、個々の女性の特徴および外見だけではない。

そして、女たちは、ユニオールに、いつも最後のところで届かない。まるで、二人でどんな関係をつくっても、それでは互いに不十分であるかのようだ。

恋愛小説としても濃密かつ大胆、深遠かつパワフルなのだが、この短編集の魅力の、それはほんの一部だ。移民の少年(たち)が初めて目にした雪、そのときの家族のありよう、兄弟の性格と関係と成長とその後――。これは、きわめて注意深く書かれた、兄弟の物語なのだ。『ニルダ』を経て『プラの信条《プリンシプル》』（ラストには虚をつかれる）に至り、そのあとに『インビエルノ』が待っているという構成の妙と、そのときに主人公より立体的に見えてくる兄、という仕掛けの緻密さは、ぜひ読んでたしかめてほしい。

（「毎日新聞」2013・9・29）

アニカ・トール　菱木晃子訳
『わたしの中の遠い夏』（新宿書房）

マリーエというスウェーデン人女性がいる。職業は国語教師。スタファンという名の夫は医師で、二人のあいだにはハンナという娘と、ヨエルという息子がいるのだが、どちらもすでに家をでている。だからマリーエとスタファンは二人暮しだ。経済的な不安はないし、夫婦仲も、決して悪くない。

ある朝、映画監督の死亡記事を、マリーエが新聞でみつける。そこから物語が始まる。死んだ映画監督ロニー・ベルイルンドは、かつて、マリーエとスタファンの共通の友人だった。マリーエにとって、友情とばかりは言いきれない感情をかき立てられた男性でもあった。

友情とばかりは言いきれない感情、などというまわりくどい言い方をなぜしたかというと――この本の帯には「実らぬ『恋』」と大きな字で書いてあるし、カバー袖にも「思いを寄せた」と書いてあるのに――、恋情、と言ってしまうと、この小説が誤解される気がするからだ。

確かにマリーエは、三十年も疎遠になっていたロニーのお葬式にでかけて行くし、彼の周辺の人から話を聞いたり、思い出の場所を訪ねたりする。けれどそれは、失われたロニーが恋しいからではなく、失われた時代や理想、若さへの驚きからだ。

驚き、という言葉がたぶんふさわしいと思う。年齢を重ね、意識しようとしまいと選択を重ね、ふと気づくと、あるときある場所にいる自分に、人は、どうすれば驚かずにいられるだろう。自分の未来が過去より厳然と短くなったとき、成功とか失敗とか、後悔とか満足とかとはいっそ何の関係もなく、愕然として途方に暮れるのではないだろうか。どうして僕はこんなところに、というのはブルース・チャトウィンの気持ちのいい旅行記のタイトルだが、何かそのような感じ。この小説にはマリーエのその揺れが、克明に、でもおもしろいほど客観的に描写されている。

一九七〇年代、ストックホルム郊外の湖畔の一軒の家に、マリーエとスタファンを含む三組のカップルが共同生活をしていた。政治について議論し、いままさに社会は変りつつあるのだと確信し、左翼系の団体に所属したり、しないまでも何らかの運動に身を投じたりして、真摯な理想を持って暮していた。そこにロニーが登場する。当時からカメラ小僧（というか、カメラ青年）だったロニーは、彼らの日常をビデオテープに収めているのだが、その映像およびマリーエの回想を通して語られる過去が、ほんとうにみずみずしい。時間、光と影、記憶と真実。この若者たちの、何と自信に満ちていることか。

湖畔の家は、現在ピーアとトールビョルン夫婦が、別荘として所有している。かつて共同生活をしていた三組のカップルのうちの一組だ。時間は、人々の上に流れるのとおなじように、家の上にもまた流れる。家の変遷が、この小説の読みどころの一つでもある。

三十年前には「資本主義的国家機能を破壊したいと思っていた」ピーアとトールビョルンだが、いまやピーアはスウェーデン・テレビの管理職に就き、トールビョルンは労働市場省の事務官をしている。もう一組のカップル、モニカとエーリックがどうなったかも、読者としては当然気になる。ロニーのビデオテープやマリーエの回想によって、私たちは若かりし日々の彼らを、ほとんど自分の昔の友達みたいに感じてしまうからだ。そこに描かれる遠い日のモニカは、大きなお腹を抱えた妊婦だ。感情の輪郭のはっきりした、やや不安定だがあかるくて意志の強い、人を惹きつけずにはおかない娘で、その姿は、過去だとわかっているが故に一層鮮やかに、魅力的に見える。

マリーエはピーアに鍵を借りて、なつかしい湖畔の家に一人ででかける。ロニーが死んで、突然過去を紐解こうとする妻を、スタファンは訝《いぶか》しみ、疑う。マリーエの正直さは、すがすがしいと同時に痛々しい。夫婦のあいだに広がる波紋は、彼女の正直さのせいだとも言える。

物語は、そうやって過去と現在を往き来しつつ進む。語り手はマリーエなので、一人の女性の人生があぶりだされもするのだが、そこにはもっと広く遠いもの——他の人たちの人生、社会、時代、それに歴史——が、切り離せないものとして鮮烈にある。ところどころに差挟まれる、ロニーの「未完作品」である兄弟の物語が、小説に、控えめながら重層的に、ミステリーの要素を添えている。

布にたとえるなら麻、もしくは目のつまったワッフル地の木綿、といった手触りの、アニタ・

トールの文章は読んでいて小気味いい。小説の文章というものは、理性的であって初めて詩的にもなり得るのだ、ということがよくわかる。スウェーデンという国の風景や、日常生活の色や音、会話の端々にのぞく人間の内面といったあれこれが、さりげなくも的確に描写され、この味わい深い小説を支えている。

（「毎日新聞」2011・8・14）

ウィリアム・トレヴァー　谷垣暁美訳
『恋と夏』（国書刊行会）

ミセス・コナルティーのお葬式から始まるこの小説の冒頭は映画みたいだ。誰が誰なのか説明されないまま、何人かの登場人物の様子が映し出される。最初はほんのすこしわかりにくいかもしれない。優れた映画がみんなそうであるように、どの場面にも、人物以外に風景や色や匂いや音や光や影や小道具が、可能な限りたくさん、細心の注意を払って配されているからで、だからゆっくり、味わいながら読む必要がある。この、きわめて美しい一冊の醍醐味は、なんといっても、ひたすらなされる細部の描写にあるので、ストーリーを説明するのは野暮《やぼ》だと思う。が、しないわけにもいかないので最低限だけすると、ある夏の物語だ。時代は二十世紀後半、舞台はアイルランドの田舎町ラスモイ。エリーという娘がフロリアンという男に恋をする。生れてはじめての恋だ。でもエリーには夫がいる（このあたりの事情は、本を読んで確かめてほしい）。この生れてはじめての恋の描写のみずみずしさは圧倒的で、読んでいる本の頁がまぶしく見えるほどだ。勤勉でやさしく、誠実な夫（寡男《やもお》だが、エリーと死んだ妻を比べたりは決してせず、「自分は二度も幸運に恵まれたのだとわかってい」る夫、エリーの作る野菜サラダを「夏のご馳走」と呼び、「しょっちゅう出てきても決していやな顔をしない」夫）の存在と、はじめての恋のあいだで揺れるエリーの心理だけでも読み応えがあるのだが、それはこの小説のごく一部だ。

主題は恋ではない。恋は、他の登場人物たちもかつてみんなしたのだ。他の登場人物たち、その過去、その現在――。

たとえばエリーの恋人であるフロリアンは、生れ育った家を売ろうとしている。彼には亡き両親の思い出があり、大好きだったいとこのイザベラの存在がある。「わたしたちはひとつのものが分かれた半分ともう半分なの」と言ったイザベラ。エリーの夫には勿論亡き妻と子供（悲劇的な死に方だった）の記憶がある。冒頭で死体として登場するミセス・コナルティーの娘と息子（この二人は双子の姉弟でどちらも中年の独身者なのだが）にも、それぞれ過去があり現在がある。さらに、この町にはオープン・レンという名の、現状認識の混乱した老人もいて、この老人とミセス・コナルティーの娘は、思いがけない形でエリーの恋に影響をおよぼす。

瞠目するのは、すでに死んでいる人たちといま生きている人たちが、渾然一体となって小説を構成していることだ。人々はこの世を流れていく。通り過ぎていく。誠実さも、善意も悪意もみずみずしい恋も、幸運も不運も悲劇的な事故も、ひとところにとどまってはいず、やがてこの世から忘れ去られる。「万々歳だ」が口癖の神父も、「一日のこの時間にセブンアップを飲むと元気が出る」というミセス・コナルティーの息子の習慣も、「この夏は永遠にぼくらのものだ」という、恋人の真剣な言葉も。

実際、この小説は通り過ぎていくものたちで埋めつくされていると言えるのだが、それを象徴するかのような絵葉書がでてくる。フロリアンが売ろうとしている家の台所に置いてある絵葉書は、彼の母親が趣味で蒐集《しゅうしゅう》していたもので、全く知らない誰かが、遠い昔に書いたものだ。フロリアンとも小説内の出来事とも何の関係もないのだが、でもそこにあり、「神々しい青空です。この街も天国みたい」と書かれている。そんな葉書がでてくるくらい、これは馥郁《ふくいく》とした小説なのだ。

（「毎日新聞」2015・8・16）

ジョン・ニコルズ　村上春樹訳
『卵を産めない郭公』（新潮文庫）

青春小説という言葉には、気恥しさがつきまとう。だからそう謳《うた》われているとつい手をだしかねてしまうのだが、タイトルに惹かれて読んだこの本は、とてもいい小説だった。『くちづけ』というタイトルで一九七〇年に一度邦訳出版されたというこの本は、一九六〇年代のアメリカ東部の街が舞台だ。控え目な大学生の男の子と、饒舌《じょうぜつ》で頓狂なそのガールフレンドの、出会いから別れまで。

二人は長距離バスグレイハウンドでの移動中に出会うのだが、その最初の場面から、いきなりひきこまれる。なにしろその夕方、彼は「停留所のレストランの正面にあるコンクリート製の何、かに腰掛けて」いたのだし、「レストランからふらふらと出てきた」彼女もまた、「数フィート離れたもうひとつのコンクリート製の何かに腰掛け」るのだ。どうしてかはわからないが、一人旅の若い人というのは、椅子ではない何かに腰掛けがちだ。ロードムービーの一場面みたいなこの描写を読んだだけで、この作家の〝目〟への期待がふくらんだ。こういう小説の場合特に、〝目〟は大切だ。その〝目〟にとまり、収集されたディテイルによってのみ、世界の手ざわりが閉じ込められるからで、それは、ちょうちょを生きたままつかまえようとすることに似ている。

主人公のガールフレンドであるプーキーという女の子の、感傷的とも言えるしドライとも言える、子供っぽいとも言えるし背のびをしているとも言える、それ自体がいわば定形的なその造形は、定形であるにもかかわらず（というか、おそらく定形のなかに捕獲されたからこそ）とびきりいきがいい。つぴつぴ跳ねる、小川の水みたいだ。彼女がじゃんじゃんくりだす言葉を読むのはたのしい（くり返しになるが、彼女はほんとうに饒舌なのだ）。言葉、言葉、言葉。言葉で世界となんとか折り合いをつけようとする彼らの、涙ぐましい勇敢さ！

プーキー語録にはおもしろいものがいろいろあるのだが、自作の絵（魚が半分にちぎれているような図）について、「誰が見たってこれはただのはじけでしょうが」と言う場面が私は好きだ。それは遊びであると同時に親密さの確認であり、他者とつながることや、自分たちが特別であることへの熱意と切望でもある。彼らの恋愛には、年端《としは》のいかない兄妹とか幼獣とかにも似た、まるごとの感覚がたっぷりとある。

物語の設定はニートなまでに定形なのだが、青春小説における定形というのは野のようなものなのだろうと思う。

大学生というある種特権的な立場と年齢、一人前の大人として行動する自由を持ちながら、自分で自分を子供に分類することが可能な数年間のあれこれは、あまりにもとりとめがなく、放っておけば、やがて整理された骨格だけを残して雲散霧消してしまう。でも、得がたくジューシーなのは、当然ながら骨格以外の部分であって、それは野に置いて初めて呼吸する（なにしろちょうちょ）。

アメリカで最初に出版されたのが一九六五年というこの小説がこんなに新鮮なのは、消えてゆくものの捕獲に徹底的に成功してしまったからではないかと思う。本のなかに閉じ込めるということ、時代の空気を、そのときたしかにそこにあったものを、発せられるそばから消えていく言葉を——。

そういうことのできた本は祝福されている。こうでしかあり得なかった、という正しいありようで、この小説は存在し続けている。

（「毎日新聞」2017・8・13）

西村賢太『瘡瘢旅行』（講談社）

西村賢太の五冊目の小説がでて、私は歓声をあげた。おお！　また貫多の心象風景と暮しぶりが読める！

西村賢太は、貫多という男の日々を描いた端正でクラシックな連作小説を書き続けている。そして私はそれを、たのしみに読み続けている。読めば哀しくて淋しい気持ちになるのだけれど、この人の文章は、するすると入ってきてしまう。日本語の持つ自然なリズムに逆らわない、気持ちのいい文体。

とはいえ――。この一冊には三編が収められていて、その三編のタイトルをならべてみるとあ然とする。「廃疾かかえて」「瘡瘢《そうはん》旅行」「膿汁《うみじる》の流れ」。気持ちがいい、とはとてもいえない。病んでいて、膿《う》んでいて、何というか、清澄の反対側にいる感じ。暗部な感じ。荒《すさ》んだ感じ。私はすこし心配になる。貫多と彼の女のことが、心配になるのだ。

貫多というのは厄介な人物で、私の知っていることを全部知らせるには五冊全部を読んでもらうよりないのだが、大まかにいうと、繊細で甘ったれで、疑い深く短気で、志と誇りは高い。中年で、藤澤清造という死んだ作家に、まさに人生を賭して執着している。つまらない計算をする奸智《かんち》はあるのに、肝心なところで上手くやれない、のみならず物事を自分でぶち壊しにする。酒乱の気味があり、ときどき不思議なほど――ほんとうに不思議なほど――卑屈になる、横暴で臆病でやさしい男である。こんなに巧みな人物造形はめったにない。彼の性質のすべてが、興味深く、かつ痛ましい。

そして、貫多は女性と同棲している。秋恵というこの女の健気さと強さ、弱さ、さらに普通さ。この二人の生活、会話、喧嘩、仲直り、信じきれなさ加減、寄り添うさま、孤独。

恋人同士においてさえ、人間というのはこんなにも他者を信じられないものなのか、と、驚くと同時に身につまされる。信じられないのがあたりまえだ、という単純な真実を、ふいに思いださせられ、たじろぐのだ。

この二人はとても丁寧に暮している。互いを思いやり、気遣う。去られるのではないかと怯えたり、去ろうとして去れなかったり、する。おいしそうな酒肴《しゅこう》と共に二人で晩酌をする。世間体もちゃんと考える。男と女が、寄り添おうと懸命になっている姿の、なんという淋しさ。

一組の男女の機微をこうまで濃やかに、というより赤裸々に、描出した小説を私は他に知らない。覚悟していてもあちこちで虚をつかれる。たとえば今回の三編を通して秋恵が愛用している「白いトートバッグ」のいじましさ。たとえば三編目にでてくる貫多の祖母の思い出。たとえばひさしぶりに二人で旅にでようと決めた貫多の、「ぼく、帰りに名古屋に立ち寄って、そこのおいしい物を食べてこようと思うんだ。海老フライがうまいって云うじゃないか。おまえもぼくも、海老には目がない方だし、フライや天ぷらも大好物なんだから、この機会にどれ程の佳味なのか一度試してみようよ。で、ついでに他にもいろいろな名物料理を頬張ってみようよ。きっと楽しいから」という言葉、その旅の顚末。大きな事件が起きるわけではない。でも、待ち合せの首尾とか列車の座席とか、些細なことが確かに旅を構成するわけであって、自宅に帰りつき、帰りの車中で買ったお弁当で晩酌するシーンに至るまで、旅というもの、男女というもの、そして生きるということ、のざらざらした淋しさが胸に迫り続ける。

私はこの人の本を読んでいるあいだじゅう、うなりっぱなしになる。ああ、もう。ああ、もう。ああ、もう。この人たちはどうしてこんなに淋しいことになるんだろう。

一編目で、自分と女友達との友情を貫多に否定され、「ともだちじゃないんじゃない、ってそのはなによ」と号泣する秋恵が、三編目で「あんた、ともだちなんていないじゃない。どこにそんなもんがいるのよ」と逆襲（？）するのだけれど、著者のこの手際は見事というよりない。旅にでる一編にも色濃く漂っていた、世の中に対して二人ぼっちであるという諦念が、ここでは二人を残酷にしている。でもその諦念こそが、二人を寄り添わせもするのだ。

貫多は秋恵に暴力をふるうし、暴言も吐く（その暴言たるや、なまなかじゃない。「黙れと言ってるんだ、このオリモノめが！」とか、「膣臭女《ちつ》めが」とか）。それでいて謝るときは、たとえばこんなふうにちゃんと謝る。「本当にごめんね……でもぼく、実のところ何がそんなにおまえの気にさわったのか、よく分かってねえんだ。だから理由を聞かして頂戴。一体、どうしたって云うの？」

読んでいても、どうしていいかわからなくなる。今回私がいちばん意表をつかれたのは、貫多がワンピースを「ワンピ」と言ったことだった。藤澤清造に拘泥《こうでい》し、暴言さえどこか文語的な貫多が、ワンピ……。衝撃的だった。ほとんど茫然とした。ほんとうにあなどれないのだ、貫多という男は。

（「毎日新聞」2009・11・1）

シーグリッド・ヌーネス　村松潔訳
『友だち』（新潮クレスト・ブックス）

これはある女性作家の回想という形をとった小説で、だから他人の内面を窃視《せっし》および散策するような、スリリングな読書ができる。それがあまりにも心地よく、読む悦楽に満ち、過去であるが故に安心なので、私は途中から、これが小説ではなく、ほんとうの回想録ならいいのにとほとんど願っていた。が、その願いはもちろん唐突に裏切られる。これは、書くことと読むことに内在する何か、について語る小説でもあるのだ（「だれもが安心できることを最優先にしたら、人生のすばらしいことはなにひとつ起こらないだろう――どんな名作が創造されることも、偉大な発見がなされることも、そういうものを想像することさえできないだろう」）。

主人公である「わたし」は、自殺してしまった大切な存在である「あなた」に語りかける。日々のこと、共有した過去のこと、死について、生について、愛について。そこにはたくさんの引用も含まれ、「わたし」と生前の「あなた」が共有していたのは、二人が実際に生きた時間や遭遇した出来事だけではなく、はるかな過去から連なる時間、および知識でもあることがわかる。歴史、文学、映画、音楽――。人ひとり分の実人生では届かない肥沃さに、人を誘《いざな》ってくれるもの。文学者だけでも夥《おびただ》しい数の名前が登場する。ウルフ、リルケ、ヘミングウェイ、コクトー、J・M・クッツェー、エドナ・オブライエン、カート・ヴォネガット、アーシュラ・K・ル＝グウィン、フラナリー・オコナー、シモーヌ・ヴェイユなどなど。あちこちに差挟まれる、それらのそれぞれ魅力的な、ときに互いに相反する引用やエピソードがまったくペダンティックに感じられず、むしろ自然で心安まるものに思えるのは、訳者あとがきにあるように、「この作家が長年のあいだに血肉としてきた言葉だから」でもあるのだろうし、それらが「わたし」と「あなた」の生きたもう一つの現実でもあるからだと思う。

彼女の語りは静かに続く。犬と猫の違いについて（「犬が忠誠心の権化であることを知らない人がいるだろうか？　しかし、この人間に対する忠誠心こそ、本能的であるあまりそれに値しない人間にまで惜しげなく捧げられるこの忠誠心こそ、わたしがどちらかというと猫を好む理由だった」）、昨今の学生について（「わたし」と「あなた」は共に大学の教師でもあり、だから教育の現場について、学生たちについて、大いに意見があるのだ）。文学周辺の、時代の変化に伴う問題はそのまま日本にもあてはまりそうで、興味深いというよりおそろしい気持ちにもなるのだけれど（「最優秀校から来た学生でさえいい文章と悪い文章の区別ができないとか、出版界ではもはやだれもどう書かれているかを気にかけていないとか、本は死にかけているし、文学はもはや死に体で、作家の威信は堕ちるところまで堕ち、どうして猫も杓子も作家になれば栄光への切符が手に入ると考えたりするのかがいまや最大の謎なのだ」）、ともかくそのようにして、「わたし」は「あなた」に次々に語る。作家が作家であることの意義について、老いについて、男であること、女であることについて（散歩問題やマイディア問題。詳しくは本文を参照してくださ い）、「あなた」の未亡人である三人の女たちについて。そのすべては無論言葉によって、精緻に、ときにユーモラスに、いきいきと語られるわけだが、にもかかわらず、言葉があるが故の哀しみが、通奏低音として全編にひそんでいる。「わたし」と「あなた」をつなぐ一匹の犬が、言葉を持たずに豊かに過不足なく体現しているもの——。

アポロと名づけられたその老齢のグレートデンは、大きいし臭うし物も壊すし愛敬もないが、「あなた」を失った「わたし」のそばに、これ以上ないほど確かな存在感でただ居る。

言葉を持つ者は持たない者にかなわない（と著者は書いていないが、読んだ私は思わずにいられない）。友だちと恋人の境目はどこにあるのか、フィクションとノンフィクションの境目はどこにあるのか、犬も猫も考えたりしない。言葉を持ってしまった人間にとって、『友だち』というタイトルの持つ意味は深いが、「守りあい、境界を接し、挨拶を交わしあうふたつの孤独」という本書にでてくる言葉は、愛の定義としても友だちの定義としても完璧だろう。私はこの本を、たぶん何度も読み返すと思う。

（「波」2020・2）

ジョセフ・ノックス　池田真紀子訳
『スリープウォーカー　マンチェスター市警　エイダン・ウェイツ』（新潮文庫）

あいかわらず詩的で、あいかわらずブルージーだ。そして、街はあいかわらずすさんでおり（壁が落書きだらけの空きビルはホームレスに不法占拠されているし、民間運営のホームレスシェルターは「アルコール中毒、ドラッグの過剰摂取、スパイスが引き起こした心臓発作、刺傷事件」などの温床で、病院のトイレではジャンキーが液体石鹸を啜っているのだし、かつて児童救済施設だった場所にあるバーの、「床はいまでも当時のタイルが張られたままで、そこに染みついた絶望が完全に洗い流されるにはまだ二百年くらいかかりそうだ」）、人はもっとすさんでいて、一度でも発言機会のある登場人物はみんな、歪んでいるか病んでいるか壊れているか傷ついているかに見える。それが、彼、刑事エイダン・ウェイツのいる世界だ。

シリーズ三作目である本書に、

「この何年か、俺はこの街でいくつかの異なる人生を生きてきたが、同じ数だけ死んだような気がする」

という言葉があるのだが、主人公エイダン・ウェイツがこれまでこなしてきた仕事に、これ以上ふさわしい言葉もない。そもそも彼は〝堕落刑事〟の烙印を押され、警察上層部にとってのある種の捨て駒として、潜入捜査や法の外側の汚れ仕事をさせられてきたのだし、人生そのものがあまりにも侵蝕され、清濁併せ呑みすぎて誰も信用できず、つまり、すでに底なしの泥沼にはまっている。多くの警察小説とこのシリーズの決定的な違いはそこで、エイダン・ウェイツは事件そのものより大きなものと、つねに闘っているのだ。

とはいえ、もちろん一冊ごとに事件がある。今回のそれについてすこし書くと、十二年前、子供を含む三人もしくは四人（一人は遺体が発見されていないが、血痕が発見されている）を殺害した罪で服役中だった男が末期癌と診断され、病院に入院する。そこに火炎壜が投げ込まれ、男は無実を訴えながら死に、エイダンの相棒であるサティも瀕死の重傷を負う。死んだ男はほんとうに無実だったのか、だとしたら真犯人は誰なのか、病院に火炎壜を投げ込んだのは誰で、なぜか——。そこに、放火殺人犯の狙いはエイダンだったのかもしれないという説（その可能性はつねにある）も浮上し、事態は混迷を深める、というのがあらましだが、ここで私は、どうしてもサティについて言及したい。

シリーズの一作目から、エイダンとサティは夜勤のパートナー同士だ。共に出世から大きくはずれ、同僚たちにも疎《うと》んじられている。本書でも「他人を不愉快にさせる天才」と紹介されているが、これはかなり控えめな言い方だ。サティの言動には、不愉快を通り越していつもぎょっとさせられる。こんな人がほんとうにいるのか？　とおののく。このシリーズにわかりやすい人間は一人も登場しないし、それがこの小説の大きな魅力の一つでもあるのだが、主人公を含めたすべての登場人物のなかで、もっとも不可解で共感し難いのがサティだろうと思う。勤務態度はとてもほめられたものではなく、誰に対しても無礼で、事件解決の役にほとんど立たない。それなのに、そのサティが本書のなかで重傷を負ったときの衝撃といったら——。憎めないとか、独特の魅力があるとかの話ではない。そうではなく、ともかくこの人はこの小説世界になくてはならない存在で、それはたぶん、作者の世界観と関係があるのだ。善悪にしても優劣にしても美醜にしても敵味方にしても、この世は何一つシンプルではないし、それどころか、基本的に不条理なのだ、というそれは世界観で、その不条理を見事に体現しているのがサティなのだろう。

今回、エイダンはそのサティ抜きで捜査にあたる。サティより数段有能な女性パートナーと組むのだが、例によって誰も信用できないエイダンは、彼女のことも（すくなくとも完全には）信用できない。でも誰が彼を責められるだろう。因縁の敵から執拗に命を狙われ、同胞とも言うべき人間から脅迫され、何者かの陰謀によって身に覚えのない罪を着せられかけ、最後の手段だった逃亡資金まで奪われて、エイダンは追いつめられに追いつめられる。こんなに孤独な主人公もいないだろう。警察組織が腐敗していて、刑務所が腐敗していて、社会システムが腐敗していた場合、犯罪者と公権力のどちらがよりおそろしいのか。

ところで、エイダン・ウェイツはすさまじい過去の持ち主でもあり（そのへんは、二作目『笑う死体』に詳しい）、この世でただ一人、妹を愛しているのだが、「パブで軽く引っかけるウィスキーも楽しみだし、帰り道、袋のなかで瓶がぶつかり合う軽やかな音も楽しみだ」という、およそエイダンらしからぬあかるく幸福な記述が本書にはあり、私はこの場面を読めたことが、心からうれしい。

（「波」2021・9）

ポール・ハーディング　小竹由美子訳
『ティンカーズ』（白水社）

「死ぬ八日まえから、ジョージ・ワシントン・クロスビーは幻覚を起こすようになった」というのがこの小説の書きだしである。彼は高齢（一九一五年生れ）で、癌を含む複数の病に冒され、集ってきた家族に見守られながら、自宅の居間に据えたレンタルの病人用ベッドに横たわっている。ジョージの脳裡、もしくは心中に去来するもの、がまずある。記憶、思考、感情、幻覚。それらを、彼は回想しているというより体現している。そこがこの小説の凄さの一つ目で、ジョージの意識の流れは浮遊したり解体したりしながら時空を超え、世界そのものとほとんど混ざってしまう。たとえば冬のつめたい朝と、脚に当たる牛乳桶の感触と。灯油のにおいやカナダガンの小さな群れと。チキンとバターとパンと。銀行のロビーと。世界そのものなので、そこにはジョージの父親の人生も含まれている。祖父の人生も。クロスビー家の男性三代の生と死が、物語の軸といえば軸だ。無論、女性たちもいる。静かな、けれど激しい在りようでどの代にもいて、男たちのいなくなったあとにもい続ける数人は、墓石に刻まれた文字――自分の生年月日――が間違っていることに気づいたり、墓の前に植えたゼラニウムに毎日水をやり、「その場所が水はけのよい丘の斜面でなかったならば、花は一週間で溺死していたことだろう」という状態にしたりする。故人の形見の時計を十数個部屋に置き、「何か月も手をかけて微調整し」、「ぴったりそろって和音を打ち鳴らすと思えるような具合にして」、故人がそばにいると感じたりもする。言い忘れていたが、ジョージの晩年の職業は時計修理人《ティンカー》で、修理もする行商人《ティンカー》だった父親ハワードの職業と、名前および本質が共通する（もっとも、ハワードという男性の魅力と性質を如実に示すのは、「巡回中、鍋の修理をしたり石鹸を売ったりするほかにハワードが折に触れてしたこと」として描かれる、「狂犬病にかかった犬を撃ち殺す、赤ん坊を取り上げる、火を消す、腐った歯を引っこ抜く」などなどの方なのだけれど）。

時計修理の手引書だという古書が、小説内に複数回引用されるのだが、時計、精密機械、歯車、時、動くことと止ること、部分と全体、といった物や言葉や概念は、手引書から離れて小説全体にひそみ、小説を、小説の外にひらいている。

凄さの二つ目は文章で、彫琢《ちょうたく》という言葉がこんなにぴったりくる文章は、滅多にないと思う。透徹という言葉も精確という言葉もふさわしいので、時間をかけてゆっくり味わった。ジョージの家の居間の様子も、三代にわたる夫婦のやりとりも、少年の目を通して見る世界も、癲癇《てんかん》という持病を持つハワードの身体感覚も。

とりわけ素晴らしいのは自然描写で、春に雪が降れば「根は解けた冷たい水を飲み、その冷たい飲み物のおかげで茎はまっすぐになり、しなやかで強健な花弁は本当に凍ってしまったわけではないので砕けやすくなってはいない」状態でラッパズイセンやチューリップが咲くのだし、冬の日没の光景は、「黄昏の、金属質の青のなかで燃えあがる、束の間の、つややかな、冷たい、緋色と乳白色の知性」を持っているのだ。訳者あとがきによると、著者は「詩と散文のあわい」に関心があるそうで、なるほどと思う。

「死ぬ八十四時間まえ」「死ぬ四十八時間まえ」と物語は進む。「あの最後に、この最後に」、人はみんな何を見て、どこに行くのだろうと考えてしまった。

（「毎日新聞」2012・8・19）

バーバラ・ピム　芦津かおり訳
『よくできた女（ひと）』（みすず書房）

読み始めて、ひとたび中に入りこむと、でてきたくなくなる。小説の中があまりにも快適で愉快なので、つい長居をしてしまう。先が知りたくて読むというより、そこにとどまっていたくて読む。これはそういう小説だ。

第二次世界大戦直後のロンドンに住む、未婚女性ミルドレッドの、生活と観察と意見。彼女は三十歳なので、いまならば若い女性の一種だろうが、当時はそうは分類されず、本人もそのことを十分に自覚している。オールドミスであることに、諦念と同時に誇りを持っているのだ。

立派なオールドミスであるためには教養が要る。育ちのよさも、良識も、謙虚さも。「よくできた女《ひと》」しかそれにはなれない。「よくできた女」だから、みんなに何かと頼りにされる。

イギリスの地域社会の風俗習慣、人間模様をシニカルに丁寧に、徹底的に細部にこだわりながら一人称で綴った小説で、細部にこだわることが好きな読者にとっては金脈を掘りあてたみたいにすばらしい本だ。可笑しみに溢れている。

ミルドレッドの語り口は穏やかで軽く、深刻ぶったところはないのだが、そのようにして語られる彼女の言葉はときに辛辣で、語り口が穏やかなぶん、余計にこわくておもしろい。「もちろん口には出しませんでしたが、どうせ私のような女は、人生にほとんど、いえ、なんの期待もしていないのです」と語ったり、クリスティーナ・ロセッティの詩の一節、「最愛の人よ、私が死んだら……」にふれて、「でも、ひょっとしたら、たいていは最愛の人などいないのかもしれません。あんがい人間なんてそんなものじゃないのでしょうか?」と語ったりする。案外大胆なのだ、ミルドレッドの言うことは。

読んでいて、笑ってしまうところがたくさんある。一例は名前で、どういうわけか、彼女にとってはファーストネームが非常に大事な意味を持つらしい。階下に越してきたネイピア夫人から、夫の名がロッキンガムだと聞かされたときのミルドレッドの反応は、「ロッキンガム! 私の耳はその名に飛びつきました——まるでゴミ箱の中に宝石を見つけたときのように。ネイピア氏のファーストネームがロッキンガムだなんて。そんな名前の持ち主なら、共同バスルームを嫌がるのは目に見えています」というもので、そうなの? と、ちょっと驚く。エヴァラード・ボーンという男性のことは、「名前といい、あのとがった鼻といい」気に入らないのだし、そうかと思えば、最初からあまり好感の持てなかったネイピア夫人のファーストネームがヘレナだと知ると、「こんな古典的な名前の方だったら、ひょっとすると私もうまくお付き合いできる」かもしれないと考えたりする。結構変っている。

食生活も興味深い。「善良で俗っぽさのない人にありがちなことですが、ジュリアンもウィニフレッドも食べ物には無頓着でしたから、彼らの家で食事を楽しもうというのはほとんど無理な注文です」と友人について率直に語る彼女はなかなかの美食家で、でも慎み深いので、一人のときの食事は「手軽で簡単なベークト・ビーンズの缶詰」だったり、「外国産の卵を一つゆでて昼食にし」たりする。「土曜の夜にひとりでとても小さな肉を食べるのも、さして悪くない」。

バーバラ・ピムの邦訳小説は『秋の四重奏』に次いで、これが二作目。刊行が一年前なので新刊レビューにしては遅いと叱られるかもしれないが、もっと知られて読まれてほしいので、書いた。

（「毎日新聞」2011・11・20）

ナンシー・ヒューストン　横川晶子訳
『時のかさなり』（新潮クレスト・ブックス）

優れた小説においてなら、子供というのはつねにおもしろい素材だ。なぜなら子供は、たとえどんなに大人びた子供であっても大人ではないからで、大人は、たとえどれほど子供じみていようと子供ではないからだ。そこには個人の差以前に、生き物としての差がまずある。たとえ一緒に生活(もしくは活動)していても、大人と子供では見える景色が違うし、時間の流れ方も違う。だから大人と子供の両方登場する小説は、一つの場面に複数の景色を、複数の時の流れを、必然的に内包することになる。それが十全に書かれているだけでもぞくぞくすることなのだけれど、ナンシー・ヒューストンはさらに趣向を凝らし、四世代にわたって子供を語り手に据え、徐々に過去に溯るという方法で、おもしろくて辛辣な、厳しいのにおおらかな、みずみずしい小説を書いてしまった。

第一章の主な舞台はアメリカで、時は二〇〇四年。ソルという名の六歳の少年がいる。彼の目を通して語られる、彼の日々と彼の家族、そして世界(そこにはテロがあり、ブッシュがいて、シュワルツェネッガーもいる)。第二章の主な舞台はイスラエルで、時は一九八二年。ランダルという名の六歳の少年がいる。ずっと後に彼は息子を持つことになるし、それがソルなのだけれど、いまのところそれを知っているのは読者だけだし、ここで語られるのも彼の日々と彼の家族、そして世界だ(そこには美しい少女がいる)。第三章の舞台はカナダ、時は一九六二年。語り手はランダルの母にしてソルの祖母であるセイディだけれど、勿論ここではまだ六歳の少女だ。第四章(ドイツ、一九四四〜四五年)の語り手は、セイディの母にしてランダルの祖母、ソルの曾祖母のクリスティーナで……という構成になっている。

この四人の主人公たちは全員、第一章の時点で健在なので、読者はランダルとは二度、セイディとは三度、クリスティーナとは四度、出会い直すことになる。そのときどきの年齢と状況の、その都度驚かせてくれる彼らに。大人になってから知り合った友人の、子供時代を見てしまうようなものだ。そのおもしろさが、二重三重四重に用意されている。

語り口がまたシャープなのだ。やや感じの悪い（私は個人的に結構好きなのですが）ソルを筆頭に、四人の子供の人格が見事に描き（語り）分けられていて、それがこの一冊をみずみずしいものにしている。穏やかなランダル、感受性の豊かで濃やかなセイディ、芯の強いクリスティーナ。みんなきちんと核を持った人間として描かれており、一人ずつがどんな大人に、さらには老人になったかを知っているだけになおさら、その健気な――そしてすでに百パーセントの在りようで存在している――姿が胸に迫る。

時間を溯るので、読みすすむにつれていろいろなことがふいにわかる。ああ、この人があああ言ったのにはこんな訳があったのか、とか、あの動作はここから来ていたのか、とか、ああ、こういうふうに物語はつながっていたのか、とか、ええええー、それは遺伝？とか。ミステリーの要素が多分にあるのだ。読み終えたとき、すぐにまた最初から読んでたしかめたくなる。

ここに描かれているのは家族の歴史というよりも、個人の歴史の結果としての家族で、そこがこわくてよかった。意識しようとしまいと、血を繋げるということは、苛酷な人生に対抗するための、一つの方法なのだろう。

（「毎日新聞」2008・11・30）

古川日出男『聖家族』（集英社／新潮文庫）

まず、冒頭。物語が立ちあがる。この上もなくシンプルに。なにしろ最初の章（というか、1、と数字で区切られた空間に）は、一行しかないのだ。

部屋はわずかに三畳あまりの広さしかない。

というのがその一行で、ここからすべてが始まる。壮大で鮮烈で、緊密で筋肉質で、仰天の連続である長い長い物語のすべてが。

わずかに三畳あまり、のその部屋には狗塚《いぬづか》羊二郎という男がいる。死刑囚であるその男の元に、祖母らいてうからやさしい手紙が届く。らいてうにははくてうという名の祖母がいる。はくてうには、シラキジという名の祖母がいる。狗塚家は、東北のある土地に、代々続く名家なのだ。三人称も一人称も、二人称をも駆使して、時間も空間もひたすら広げ、暴走と言いたいほどのスピードで、発熱しそうな緊密度を維持したまま語られるこの小説を、要約することは無論不可能なのだけれど、ごく大雑把に言うと、死刑囚羊二郎がその独房に至るまでに、兄と二人でたどった軌跡――ビビッドなロード・ノベル――が一つの軸としてある。そこに、幾人もの祖母たちの語る狗塚家の歴史――というのはすなわち妄想の（と著者の言う）東北の歴史――がかぶさり、必然的に日本の歴史が語り直される。また別の必然として、兄弟の父親である不思議な男の、偏執的かつ情熱的な行動もつぶさに追われる。さらに、らいてうの孫であり兄弟の妹であるカナリアが、いずれ祖母たちの一人となるべき一羽の鳥（実際は勿論人間です）として、物語をくっきり横切って飛ぶ。

圧倒的なのはイメージの奔流。たとえば、馬の腹に頭をつっこんで死んだ男と、そばで遊んでいてそれを見た幼児、の場面が私は好きだ。馬たち、犬たち、天狗たち、女たち。ここには個を越えたものが確かに描かれていて、それは、連なる鳥居や車窓を流れる風景とも響き合い、捕えられないもの、去っていくもの、けれど確かに存在するもの、として、小説を鮮烈に貫いている。それがほんとうに、ただ、美しい。

あちこちに埋め込まれた方言の豊かさも、読む愉しみをいや増してくれる。男たちの、女たちの、子供たちの、声。それもまた個を超えたものとして、深く耳に残る。上手なのだ、文字にする東北弁が。また、もう一つ私が好きなのは、ごくごく短い場面しか与えられない登場人物たちで、たとえば仙台の駅にいた大学生、山形の横断歩道に居合わせた人々。他にもたくさんいるのだが、ほとんど名前も与えられていない彼ら彼女らが、この小説に欠くべからざる存在であることが、そもそもこの作家の小説観の正しさを証明していると思う。私が古川日出男という小説家を信頼してしまうのは、書かれている言葉にさえ身をゆだねれば、きっちりそこに連れて行ってくれるからだ。

個人的に言うと、私はほぼすべての頁についている黒いしるしが不気味でいやだったのだけれど、この小説がおもしろいことは確かだ。すみずみまで力が漲《みなぎ》っていることも。こんなものが書けるなんて信じられない。読み終ったとき、私は言葉のパンチドランカーになった気がした。狗塚兄弟が異様なまでに体を鍛えているように、古川日出男は異様なまでに言葉を鍛えているのだろう。

どうでもいいことだけれど、この本を読んで以来、「地図」という文字を見ると、「地獄図《ジゴクエ》」の略語に思えてしまって困っている。

(「毎日新聞」2008・10・12)

メヒティルト・ボルマン　赤坂桃子訳
『沈黙を破る者』（河出書房新社）

ある男性医師が父親の遺品のなかに、知らない人間の身分証明書を見つける。女性の肖像写真も。そこから、この上質なミステリー小説は静かに始まる。写真の裏に記された写真館の名前を手掛りに、医師は軽い気持ちから（写真の女性は父親の愛人だったのかもしれないと勘繰って）調べ始める。すると殺人事件が起こる。おそらく、自分が突然、過去を掘り返そうとしたために。一方、海辺で一人静かに暮している裕福な老女テレーゼは、一本の電話をきっかけに、過去を回想し始める。

小説は、だから現在（一九九七年から一九九八年にかけて）と、過去（およそ五十年前）とを行きつ戻りつしながら進む。その場面転換が見事だ。ふくよかな余韻を残しながらも、すぱん、と思いきりよく時空を超える。テレーゼの回想が途切れると、〝その続きは？　続きを知りたい〟と切実に思うのだが、現在に戻ってきてすぐに思いだす。〝あ、こっちもさっきいいところだったんだ〟。現在にも過去にも謎があり、それがすこしずつ紐解かれていく。

過去のパートのいちばん最初にテレーゼが思いだすのは、五人の友人たちのことだ。「赤い巻き毛で、いつもげらげら笑って賑やか」なアルヴィーネ、その兄で、「思慮深く、プライドが内からにじみ出ている」ヤーコプ、「がっしりした体軀の実務家タイプで、なにかもめ事があると、かならずその場に居合わせて活躍する」ヴィルヘルム、「農場の娘で、バラ色の頬の上で輝く大きな水色の目が、いかにもきまじめそう」なハンナ、そして、「文学を愛好」し、「ゲーテの『若きウェルテルの悩み』を最初から最後まで暗誦でき」るレオナルト。全員が若く、みずみずしい友情で結ばれ、複数の恋愛感情が錯綜している。それぞれに印象的な彼らに何が起り、どうなっていくのかが、物語の中心に揺るぎなくある。

この小説のすばらしさの一つは間違いなく人物描写で、テレーゼを含む仲間六人は勿論、脇役といえる登場人物たちまで一人ずつが、過去のパートでも現在のパートでも見事に血肉を備え、個として完結した厚みを持って描かれている。仮に謎解きがなくても、彼らのありようを読むだけでかなり幸福な読書体験なのだが、それが、ストーリーの緊密なミステリーになっているのだから得《え》も言われない。なんていう贅沢。この、あまり厚くない一冊のなかに、どれだけの時間が、何人の人生が、家族が、友情が、恋愛が、嘘が、秘密が織り込まれていることだろう。

回想のパートは五十年前のドイツで、陰惨な歴史のただなかだが、登場人物たちの日々の手ざわりを、著者は陰惨さに呑み込ませない。戦下でも、「明るく澄み切った天気」が続けば人は洗濯をし、「木々や生垣は秋めいて赤や黄色に色づき、晩生種のリンゴやナシの甘い香りが、冬にそなえて鋤《す》き返したばかりの畑の土のにおいと混じりあ」うのだし、早朝の駅で友人の出征を見送るときの「空は低く垂れこめ、カキの殻の内側のよう」で、「銀色と鉄色のあいだから、バラ色とスミレ色がかすかにこぼれてい」る。こういう日々の手ざわり（あるいは世界の手ざわりの確かさ）は、現在のパートにも随所に、鮮烈かつ的確に書き込まれている。

殺人事件の犯人をはじめとするさまざまな謎のこたえも、さらなるひとひねりも、ちゃんと用意されている。回想のなかの若者たちの生気が、過去だとわかっているためになおさら、鮮烈に胸を打つ。

（「毎日新聞」2014・10・12）

ドナルド・レイ・ポロック　熊谷千寿訳
『悪魔はいつもそこに』（新潮文庫）

この野蛮で色鮮やかな小説の魅力を、どう伝えたらいいだろう。物語は、父と息子を中心としたある家族のパートと、うさんくさいパフォーマンスをする説教師二人組のパート、ヒッチハイカーを殺しながら旅をするある夫婦のパートがからみ合いながら進む。一見べつべつに見えるそれらは、分ちがたく結びついている。

プロローグで描かれるのは、一九五七年のアメリカの田舎町に住む父と息子だ。この田舎町は、「欲望であれ、貧困であれ、単なる無知であれ、救いようのない不運のせいで、あるいはそんな不運が重なったせいでほぼ全員が血縁関係にあった」と描写される。陰惨。そして、この町が小説の中心地であり、陰惨さこそが全編に流れる通奏低音だ。が、作者の絶妙な語りによって、この通奏低音は不思議なあかるさを帯びており、それが何とも魅力的なのだ。

続く第一章で、時は一九四五年にさかのぼる。主人公の父親が最愛の妻と出会う、珍しく陰惨でない場面から始まるが、二人の出会うその町すら、もうすこし都会に住んでいるらしい登場人物に言わせると、「この街にはレタスひと玉も見当たらない。ここの連中が食っているのは脂ぎったものだけ、とことん脂ぎったものだけだ」ということになり、つまりこの小説の舞台は同国人にも地の果て扱いされる土地、経済的にも思想的にもアップデートされずにいる土地であり、「どこに目を向けても、国が真っ逆さまに奈落に転落しつつあるようにしか見えない」アメリカだ。そこには戦争があり、貧困があり、人種差別や偏見があり、狂信者を含む根強い宗教がある。そして、ついぞ語られることなく、時の流れのなかに儚く潰《つい》えた無数の気持ちも――。たとえば妻と共に人を殺して回っている男は、たまたま通りかかった自転車に乗った少年二人が彼に手をふり、「この世に心配事などひとつもないかのように笑いながら走り去るとき、ほんの一瞬、別人になれたらいいのにと思」う。が、別人にはなれないのだし、死期の迫った妻を救いたくてひたすら十字架に祈る男は、必要と信じた生贄《いけにえ》のために息子の愛犬まで殺すのだが、妻に奇跡は起こらない。かつて何度も輪姦された少女（いまでは人妻）は、「いつも今度やらせてやったら、ガールフレンドのように扱ってくれて、ウィンターガーデンかアーマリーに踊りに連れていってくれるかもしれないと期待していたが、そんなことは一度もなかった」と回想する。起こらなかったこと、失くしたもの、奪われたもの、最初から持っていなかったもの、知らないもの、がこの小説内には山を成している。まるで十字架だらけの墓場みたいに。

そこに存在するものではなく存在しないもの、そもそもあり得なかったものの美しさが胸を打つのだ。

読みながら、正常な人と狂気の人の区別がつかなくなっていく。善玉と悪玉の区別も、歪んでいることとまっすぐなことの区別も。そういう、文明社会がどこかの時点で規定して、いままでは誰もが受け入れている（考えてみれば人為的で画一的な）区別が揺らぐ地平に、作者は読者を連れ込んでくれる。そこにいる人間たちの、ダークで詩的な豊穣さ。

この小説のなかでは実に次々と人が死ぬ。「いつもどこかでだれかが死んでいく」というのは、でも普遍的なことだ。ときにユーモラスな語り口と、ほとんど神の視点くらい大きな視座が、陰惨な出来事にも瑞々しい生命力を与えている。

さらに、奇妙で風味豊かなディテイルが読む愉しさを加速させる。殺人現場で撮られる記念の写真や、旅回りのサーカス団、「長さ三十センチのポーランド・ソーセージを太ももに結びつけた」変質者や、朝鮮人参を探していて発見する死体、「彼女はまさにフラミンゴだった」と回想される女性――。めくるめくにぎやかさだ。人間同士が何をしていようと常にそばに在る自然界の美しさ、人間ではない生きものたち。

ラジオから流れる曲や、さまざまなたべもの（なにかとでてくるミートローフや、ジューシーフルーツガムやキャンディバー、「クラウド・A・ハッチャーというジョージア州コロンバスの薬剤師が開発した飲み物」だというRCコーラ）が、かつて確かにあり、いまはもうない時代の空気を感じさせてもくれる。

登場人物の一人は、自分の側頭部に銃口が押しつけられたとき、青空に浮かぶ雲を見て、「死ねばあんな風になるさ」と思う。「ふわふわと浮かぶだけだ。悪くないさ」と。そのときの彼の心持ち――いろいろありすぎてとてもここには書けないが、最終的には解放、自由、諦念、平穏

――を、読者はいっしょに体感してしまう。だから、一冊読むあいだに私たちは何度も死ぬ。この本は、そういうふうにできている。

（「波」2023・5）

ジェレミー・マーサー　市川恵里訳
『シェイクスピア&カンパニー書店の優しき日々』（河出文庫）

書店の外観の絵が、表紙にはかかれている。あかるい緑を基調にした、おおらかで風通しのいい絵だ。邦訳版のこの表紙（装画は100%ORANGE）を見ただけで、いい本だとわかった。手ざわりも厚みも、まさにいい本のそれだ。読み終っても大事にして、ずっと本棚に置いておく本になるだろう、と、読み始める前にわかっていた。こういうことは、たまにだがある。閉じた状態の本から、中身のよさが、気配となって滲みでているということが。

これは、パリに実在する書店「シェイクスピア&カンパニー」をめぐる回想録で、著者（一九七一年生れ、カナダ人の男性ジャーナリスト）が、二十代の終りにほとんど一文無しの状態で、立ち寄って住み込み、似たような境遇の（お金がない、他に行くところがない、いつか物を書きたいと思っている）人々――境遇は似ていても、年齢も国籍もさまざまな、それぞれに一風変った人々――と、共同生活をしたときの話だ。

この店にはこういうモットーがある。

「見知らぬ人に冷たくするな　変装した天使かもしれないから」

共産主義を信奉するアメリカ人にして、文学を熱愛する頑固でユニークな老人でもある経営者ジョージの方針で、この書店にはベッドが幾つも用意されており、頼めば、ほとんど誰でも泊めてもらえる。一九六四年からというから、五十年近い歴史を持つこの英語書籍の専門店には、かつてヘンリー・ミラーやアナイス・ニン、サミュエル・ベケットやアレン・ギンズバーグが出入りしていた。さらに歴史をさかのぼれば、おなじ名前のべつな店（こちらは一九四一年に閉店。経営者同士に親交もあり、片方の死後、現在の店が名前——と、おそらくそのスピリット——をもらった）には、ヘミングウェイ、フィッツジェラルド、ジェイムズ・ジョイス、エズラ・パウンドなど、錚々《そうそう》たる顔ぶれの作家たちがつどった。そういうことがどのガイドブックにも載っているので、訪れる観光客はあとをたたない。無料のベッドを求めてくるバックパッカーも。その混沌は、想像するにあまりある。

とはいえ建物は老朽化し、ゴキブリが砕け散っていたり食べ物にカビが生えていたりするので、実際に長期で滞在するのはお金や行き場所のない、あまり成功していない人々に限られてくる。なんというか、しょぼいのだ。著者のジェレミー・マーサー自身、母国カナダを逃げだしてきた身で、生活するためにはちょっとした違法行為も辞さないアウトローだし、一週間の予定で五年も住みついている老詩人とか、「あたしはパリでちょっと楽しみたかっただけよ」と言うバイセクシャルの女性とか、おそろしく真面目で、英語およびフランス語の勉強のために（どちらの言語で思考する日か忘れないために）、毎日手の甲にFかEの文字を書きこんでいるウイグル人とか、登場人物はみんな奇矯《ききょう》で屈託がある。そして、そこはとても読みごたえがある。著者は元新聞記者であり、その職業にふさわしい冷静さで一人ずつを観察している。みんないい奴だった的な感傷は排して、店主ジョージをはじめとする一筋縄ではいかない人々の陰翳を、くっきりと浮き彫りにする。

こういう場所では、石鹸の泡くらい容易に、恋や友情が発生する。嫉妬や敵意も生れるし、喧嘩や盗難も起きる。やってきては笑ったり泣いたりして去っていく人々、残る人々。しかも場所はパリ。彼らにとって異国のこの街は、出来事を彩り、ときにきらめかせ、お祭みたいな高揚をすらもたらす。かつてヘミングウェイが「移動祝祭日」と評した街は、時と共に変化しながら、それでも変らないある種の包容力を持ち、セーヌが流れカフェがならび、彼らを許容するのだ。

いわゆる「深いつきあい」ではない人たちのあいだにだけ生れる信頼感というものがある。本来の人生とは切り離された場所にだけある人生というものも。それは刹那《せつな》性ということや、身一つの本質ということと密接につながっていて、比類なく美しかったり幸福だったりする奇跡のような瞬間をつくりだす。この本のあちこちにその発生は写しとられているのだが、優れていると思うのは、著者の注意深い手つきによって、その向うに現実が、つねに透けて見えるところだ。「TIME WAS SOFT THERE」というこの本の原題に、それは顕著に表れている。直訳すれば「そこでは時間はやさしく流れた」となるこの言葉は、ある種の刑期を指す言葉だという。凶悪犯の入る厳重な施設での懲役を「ハード・タイム」と呼ぶのに対し、「犯罪者の更生を目的とする」施設での、「ウェイトトレーニング・ルームもあり、高校レベルの授業や室内ホッケー大会も実施される」ような懲役を、「ソフト・タイム」と呼ぶのだそうだ。

シニカルな、けれどやさしい、いいタイトルだと思う。

（「毎日新聞」2010・7・25）

イアン・マキューアン　小山太一訳
『土曜日』（新潮クレスト・ブックス）

小説とは何か、を知りたい人は、これを読むといいと思う。小説とは何か、なんてどうでもいいけれど、熱のあるときにしゃぶる氷みたいな本が読みたい、という人（がもしいればその人）は、さらにもっと、もうどうしたってこの本を読むべきだと思う。

ペロウンという名の一人の英国人男性——年齢は四十代後半と思われる——の、ある一日。内容をひとことで言うとそうなる。ではそれの一体どこがおもしろいのか、といえば、見事な複雑さだ。登場人物が多いとか、ペロウンに特殊な過去があるとか、そういうことではない。ある人間のある一日というものは、当然ながらそれだけで、実に実に複雑なのだ。

ロンドンに住む脳神経外科医の主人公・ペロウンには妻がいる。十八歳の息子（ブルース・ミュージシャン）と、その姉で大学院生の娘（パリ在住）がいる。認知症を患って施設で暮している母親がいて、高名な詩人である義父もいる。そういう男のある一日をマキューアンが書くとどうなるか。化学的、と言いたいほど明晰で透徹した視線を、というよりそのような眼球と思考を、読者は与えられるのだ。

たとえばこの小説のなかには家族が存在し、孤独が存在し、誇りが、不安が、知性が、音楽が存在する。愛情が、政治思想が、恐怖が、議論が、罪悪感が、信頼が、羞恥心が存在し、猜疑心や老いや若さや情熱や、書き連ねればきりがないほど多くのものが存在するのだが、それらはただ存在しているのであって、一切の定義づけをされていないばかりか相関関係さえほぼ否定されているように見える(愛情と孤独は同時に別々に存在しているのであって、愛しているから孤独だとか、愛がないから孤独だとかいうわけではない。信頼と家族もまた同時に別々に存在しているのであって、信頼しているから家族なわけではなく、家族だから信頼するわけでもない)。妥協のない、潔癖なまでに精緻なマキューアンの文体は、そういう視点を可能にする。そこでは人間の知性も愚かさも、おなじ注意深さで扱われる。

細部の描写や形容が多いことも、この本の特徴の一つだ。寝室の窓から見おろす、早朝のロンドンの澄んだ暗いつめたい空気、広場に落ちている「鳩の糞も距離のおかげで固まって見えるためにいっそ美しいくらいで、まるで雪を散らしたよう」だし、「あふれ返ったごみ箱は猥雑よりもむしろ豊饒を思わせ」る。施設にいる母親の、「細かく皺の寄った明るい茶色の肌のくぼみに深く埋め込まれた薄い緑色の眼は、草の下の埃っぽい石のように単調でぼんやりした感じがある」。スープの出汁《だし》用に買ったエイのあらの、「頭は無傷のままで、唇は少女のように豊か」だ。注意深く新味をはぎとった、わかりやすい、過剰なまでにたくさんの形容。気が遠くなるくらい清潔な方法で、マキューアンは小説のなかに日常を構築していく。そこには、読者に自意識を失わせる力がある。ペロウンが友人とスカッシュをする場面は圧巻だった。活字を追ううちに私はゲームに没頭し、むきになり、苛立ち、疲労し、いいショットが決まれば快哉《かいさい》を叫び、スピードに満足し、怯え、自分の執着を恥じさえした。ペロウンのように。

端正だけれどノーマルな、だからこそ効果的な文章の集積。それを読むのはほんとうにたのしい。惜しげもなくふるまわれる言葉の甘露だし、熱のあるときにしゃぶる氷みたいなのだ。こういうのを技術というのだろうと思う。

マキューアンの前作『贖罪』のなかに、十三歳の少女が自分の手をしげしげ眺める場面があった。おそろしく美しい場面で、下手に引用したくないので乱暴を承知で要約すると、少女は自分の手を奇妙に思う。それが自分のものであることも、自由に動かせるということも。そして、自分の肉体を訝《いぶか》しむことで、それを訝しんでいる自分——肉体とはあきらかに別の存在である自分——の鮮烈さに打たれる。あまりにも鮮烈で、これほど奇妙な仕方で存在しているのは自分だけであるように感じる。他の人たちが自分とおなじように鮮烈に存在しているとは、にわかに信じられないのだ。これに類することは、子供のころに誰もが考えるのだろうと思う。ペロウンは大人なので、勿論そんなことは考えない。けれど私は『土曜日』を読んで、人間というのはその感覚から決して十全には逃れられないのかもしれないと思った。なぜなら意識は個別の肉体に閉じ込められているからで、それがこの小説のあちこちに——家族という極めて親しい間柄の人間同士の会話のなかにさえ——他者への違和感となってくり返し現れ、ときに世界との一体感（のようなもの）を生みもするのではないか。

ペロウンには、ある種の子供っぽさがあるのだ。そして、だからこそこの本は、すべての概念の不確かさの上に、成り立つことができたのだと思う。


（「毎日新聞」2008・4・6）

アレクサンダー・マクラウド　小竹由美子訳
『煉瓦を運ぶ』（新潮クレスト・ブックス）

きっちりと丁寧に仕上げられた短編集を読むことは人生の大きな喜びの一つだ。そこには確かな思想があるし、堆積された時間と、そこから醸しだされる唯一無二の風味および個性がある。まるで、控え目で思慮深い友人のようだ。そういう友人は全然饒舌ではないのに、会っているときよりもむしろ別れたあとで、その人の言葉の曇りのなさや的確さ、考えの深さや明晰さ、遠慮がちで静かな機知、に気づいてうならされる。たまにしか会わなくても、話していると落着いて、こちらの思考まで澄んでくる。

アレクサンダー・マクラウドの初短編集は、地味だけれど、そういう貴重な友人に似た一冊だ。全部で七つの、抑制がきいてひきしまった小説が読める。カナダの地方都市に住む普通の人々の生活が描かれるのだが、この、普通ということの厄介さと多様さは、小説にとって、まさに大海原だ。

どの短編もそれぞれにいいのだが、「ループ」という一編は、ディテイル攻撃、と呼びたいくらい、ひたすら描写される細部がすばらしい。個人経営の小さな薬局（従って、「毎週違うフルカラーのチラシを出し」、「青と白の配達トラックの一団」があって、「コンピューターによる追跡システム」まで導入しているような、大きくて新しい薬局に、いましも駆逐されかかっている）で配達のアルバイトをしている、十二歳の少年が主人公だ。

彼の配達先は、施設に入居している老人か、夫を亡くしてひとり暮しの未亡人、そうでなければ工場労働で身体的な障害を負った男性たちで、当然ながら一人ずつがまったく独特な生きものであり、主人公のあずかり知らない膨大な時間を生きた果てにそこにいる。

これは、少年の目を通して見た老人たちのきわめてビビッドな生態の断片であり、あることをきっかけに、彼がそのアルバイトを辞めるまでの話で、タイトルの「ループ」というのは彼が毎日配達に回る、自分で考えたその回り順、ルートのことだ。彼は仕事に誠実で、どの家でもできるだけ礼儀正しく、顧客に親切にしようと努めているが、同時に、おそろしいものに近づきすぎないよう、常に警戒してもいる。が、もちろんあちこちの家で彼はおそろしいものをいろいろ垣間見てしまう。なぜならそこはそういう場所で、その人たちにとってはそれが常態だからで、ここに切り取られているのはつまり、時間の分断なのだ。

個人経営の小さな薬局と、最新式のドラッグストアがたまたまおなじ時におなじ街に存在していても、それぞれの体現している時間がまるで違うように、老人と子供も、おなじ時におなじ場所で、べつの時間を生きている。〝現在〟には幾つもの層があるのに、多くの人は普段それを一つだと考えようとする。でも、べつな〝現在〟はいつもすぐそこにあり、ぱっくり口をあけている。やはり少年が主人公の「良い子たち」(これも、やはりディテイルが魅力的)は、あっけないほどすとんとした幕切れが、かえって深い余韻を残す。ここでは子供たちの時間そのものが唐突に分断され、分断されてもなお主人公のなかに、ある種の柔軟性を持って存在し続ける。レジーという子が、いいのだ、とても。

そして――。「成人初心者I」という短編が私のいちばんのおすすめなのだが、紙面が尽きたので、これは実物の本で読んで下さい。

（「毎日新聞」2016・8・14）

エリック・マコーマック『雲』（東京創元社）柴田元幸訳

どこに行くのかわからないまま旅をするような、稀有な手さぐり感のある小説で、読んでいて、それが得も言われず愉しい。気がつくとどこか深い場所にいるのだけれど重くはなく、タイトル通り、ずっと曇り空の下にいるような安心感がある。あるいは水中歩行をするような、静寂と驚異がある。

主人公が旅先で見つけた一冊の本から小説は始まる。そこには、かつてスコットランドで起きたという怪しい気象現象が綴られていて、ダンケアンという地名に惹かれた主人公（その土地に思い出があるのだ）は、真偽のほどもわからないその本について調べ始める。同時に、彼の人生がすこしずつ明かされていく。それは十分に波瀾万丈な人生なのだが、波瀾万丈という言葉が似合わないほど静かで控え目な人生でもあって、だから当然、静かに控え目に語られる。そのことの自然さと不自然さ。おもしろいのだ、ともかくこの小説において、世界はそのような場所として存在している。

原因不明の大出血で死んだ男性とか、目を抉《えぐ》り取る鳥とか、穴にのみこまれた町とか、キャリック疫病（「喋って喋って疲れはてるまで喋りまくり」、「息絶えるさなかにもなお、さらに数語を絞り出そうとあがく羽目になる疫病）とか、ここには奇妙でおそろしい（と同時に好奇心をかき立てられる）エピソードがたくさんでてくる。「何らかの異常を来《きた》した芸術家と学者に特化した」刑務所とか、赤ん坊そっくりの猿を焼いてたべる人々とか、魚を舐める儀式とか、ホラーまがいのことが起こる鉱山とか、主人の心臓の一部をたべた猫とか。伝聞や伝承としてでてくる場合もあれば、主人公が実際に体験もしくは目撃する場合もあるのだが、それらのエピソードはただでてくるだけではなく、一枚の布に織り込まれるみたいに、小説世界に織り込まれている。基礎、下地、いっそ前提。不穏で、理由も結論もないという意味でつかみどころのない出来事たち――。この本の全体がそんなふうだ。作中で、主人公は自分の生まれ育った土地の人々を、「感傷癖はなくとも、その分、迷信深さはたっぷり持ち合わせていた」と回想するのだが、読み進むにつれて、その土地出身であろうとなかろうと、誰にとっても世のなかというのはこんなふうに不穏でつかみどころのない場所なのだと思えてくる。迷信と現実の区別などほんとうはつけられない、魑魅魍魎《ちみもうりょう》の跋扈《ばっこ》する場所。

従って、主人公の人生に実際に起こることや、彼の出会う人々も一様に――というのはたとえば平凡なことまで――奇妙に思える。唐突な失恋、つねに結果として就く職業、スコットランドからアフリカ、南米、カナダという、彼の存在の流され方、半ばお膳立てされて妻となる女（なかなか強烈でおもしろい）や、アクロバティカルきわまりないセックスをする女、患者の鼻に興味津々の女医や、「愛というより潰瘍で結びつけられている」ように見える夫婦や――。ありふれているのか異様なのかわからない出来事の数々が、主人公を（そして読者を）あちこちへ運ぶ。共に孤児だったという両親がとても魅力的だ。「そうだろ、ノーラ？」とか、「そうじゃないかい、ノーラ？」とか、妻に同意を求める父親の口癖や、気に入りのジョークとなった二重否定。曖昧で、確かなものなどないのが人生だとしても、子供時代の記憶だけは植物の根のように、たぶん彼を支えている。

（「毎日新聞」2020・2・16）

メアリー・マッカーシー　中野恵津子訳
『アメリカの鳥』（世界文学全集Ⅱ-4　河出書房新社）

これは、教養というものがごくあたり前に必要で大切だった、時と場所と人々について書かれた、おもしろい、あかるい、小説である。全編に日ざしが降り注いでいるような、祝福された小説でもあると思う。

一九六四年に十九歳の、一人の若者が主人公だ。物語はそのすこし前、彼がまだ「母親に恋している少年」だったころから始まるのだが、十九歳、という年齢がこの小説に、絶妙なフラジャイルさを与えていると思う。本人の自覚としては十全に大人である、でも子供のたっぷり残る年齢。彼の母親――「麗しきロザモンド」と息子に呼ばれたりする――がまた魅力的で、彼女がロッキー・ポートというアメリカの田舎町で、失われつつある古き良きもの――生活の様式、手をかけた料理、人々の意識――のために挑む戦いはきわめて印象的なのだが、それはそれとして、息子の名はピーター・リーヴァイという。

ピーターの人物造形のすばらしさが、この小説の美しい原動力である。この男の子、ともかくいいのだ。誠実であろうとするあまり、ほとんどありとあらゆることに逡巡する。そこから、ホテルのトイレや、浮浪者たちとの距離のとり方といった慎ましくデリケートなエピソードが次々に生れる。「ピーター・リーヴァイの掟」という個人的なルールを持っていたりもする。それは、「自分がやったと知られたくないことはやるな」で、この、いかにも若者らしい黄金律に、私は胸打たれた。ピーターというのはとても男の子らしい男の子であり、たとえおなじ性質を備えていても、女の子にはない生硬さとでもいうべきものが、彼にはある。本のなかに引用されているギリシャの哲学者の言葉、「性格とはその人の運命である」が、そのままこの小説の醍醐味なのだ。

ロッキー・ポートでの彼と母の日々から始まる物語は、十九歳になった彼がフランスに留学し、さらにイタリアに旅行し、またフランスに戻り、というふうに進むので、旅行記というか滞在記の趣も帯びている。ここには起承転結でくくれる類のストーリーはないのだが、だからこそ、小さなエピソードの集積が、びっくりするほど輝かしい物語となっているのだ。

ピーターの移動に伴って、一九六〇年代のアメリカ、フランス、イタリアが描かれるわけだけれど、それぞれの国のみずみずしさ、風味、個性が緻密に織り込まれていて、それを読むだけでも心愉しい。また、ここにはたくさんの議論がでてくる。ベトナム戦争やアメリカ大統領選といった時事問題、美術、自然、人間、文学、歴史をめぐる考察、観光客についてのキッチュで率直な議論、などなど。登場人物たちは、みんな実によく物を考え、喋り、意見を交換するのだ。英語、フランス語、イタリア語、ここには、人々の話す言葉も詰まっている(言葉は人格なのだ)。

主人公が海外で出会う友人、知人、列車で乗り合わせただけの人々や、大学の担当教授と交す会話、そこから見えてくる「人間」というもの。その滑稽さ、奇矯さ、偏屈さ、味わい深さをあぶりだすとき、マッカーシーの腕は冷徹なほどに冴える。そして、それらすべてのなかに、象徴的にくり返しでてくる「鳥」。

高く、低く、ひらひらと飛ぶ小さなちょうちょみたいな身軽さで、メアリー・マッカーシーは物語をあちこちにいわば脱線させながら、一つの時代、一つの場所の事象のかけらをちりばめて、大部の小説を書き上げてしまった。


(「毎日新聞」2009・8・30)

トゥルース・マティ　野坂悦子訳
『ミスターオレンジ』(朔北社)

おもしろい本を読んでいるときの、子供のころのふっくらした時間の充実感は、大人になるとなかなか得難い。あれは、どうしてなのだろう。大人になると、(子供のころに較べれば)世界を知った気になっているからだろうか。あるいは、自分の持ち時間に限りがあることを、実感として知ってしまっているからだろうか。何の計算もなく、何も持たずに、ただ本のなかに入って行って、言葉を追い、その言葉が立体的になって一つの時空間が発生し、ここがそこになり、それまで知らなかった人々と、ここではあり得ないほど深く親密に知り合い、ここの現実よりずっと確かに思えるそこの現実を呼吸し、たっぷりとそれを生き、「あー、おもしろかった」と言って読み終える至福の読書体験を、当時は贅沢に享受していた。得難いとも思わずに。『ミスターオレンジ』は、そのころの読書を思いださせてくれる本だった。読んでいる時間の幸福と安心、世界を見る目が新しくなるという新鮮な体験。

一九四〇年代のニューヨークに住む、一人の少年が主人公だ。学校に通う傍ら、両親の営む果物屋の配達を手伝い、弟や妹のめんどうもみるこの少年、ライナスの生活や意見や家族が、まずいきいきと描かれる。その時代のニューヨークの空気、人々、戦争（ライナスの兄の一人は、志願して兵隊になる）、といった背景も、過不足のない手ざわりでそこにあり、実際の友達や架空の友人や、否応なく小さくなってしまう靴や、二段ベッドを分け合う兄との関係や、その他いろいろでできた少年の日常は忙しい。

オレンジばかり配達させる一人の客と、ある日ライナスは出会う。「目が黒くて、顔の細い」、「アメリカに住みはじめて、まだ日が浅い人なのか、アクセントの強い話し方」をする、と描写されるこの男性がミスターオレンジで、この人の部屋は、壁も家具も、なにもかも白く塗られている。その白いなかに「色のついた四角」がたくさん貼りつけられており、「知りあいのどの家ともちがって」いる。ライナスはそこを、「軽い。明るい。そして空っぽだ」と感じ、「でも、空っぽといっても、いやな感じじゃない。むなしい感じでもなく、むしろ……落ちつく感じ」だと思う。この風変わりなあかるい部屋で、ライナスは男性と話をしたり、いっしょにオレンジをたべたり、レコードを聴いたり、ブギウギの踊り方を教わったりする。基本的には配達に来ているだけなので、長い時間ではない。でも、そこで過ごす時間は彼にとって驚くべき非日常であり、ミスターオレンジのような大人は、彼にとってはじめて会う種類の大人だ。

この部屋の住人は画家のモンドリアンなのだが、無論、ライナスはそんなことは知らない。作中、ミスターオレンジが未来について語る場面がある。それは、「絵画だって時代遅れになる」未来、「部屋全体が美しく」なり、「一枚一枚の絵はいらなくなる」、さらには、「町中を一枚の大きな絵にできるかもしれない」未来で、そのヴィジョンの美しさには少年ならずとも息をのんで憧れるし、でも、だからこそ、未来の大人としては胸をしめつけられもする。

戦時中であるにもかかわらず、ミスターオレンジの部屋には自由な思想があり、芸術があり、希望がある。

おまけに、本を通して世界のありようをたしかめていた、あのころの読書の輝かしい喜びも、そこにこっそりひそんでいた。

（「毎日新聞」2017・1・8）

アムリヤ・マラディ　棚橋志行訳
『デンマークに死す』（ハーパーBOOKS）

ひさしぶりに魅力溢れる男性探偵主人公に出会った。かつて、探偵小説といえばハードボイルドな男性探偵が主人公だった。そこにいきのいい女性探偵や、機知に富んだ老女探偵などが登場し、すくなくとも邦訳されたものにおいては女性探偵優位の時代がしばらく続いていたように思う（例外はドン・ウィンズロウの創出した若き探偵ニール・ケアリーと、マイクル・コナリーの描き続けるハリー・ボッシュ——刑事を退職したあとの——くらいだろうか）。刑事や警察官、あるいは犯罪者ならば魅力的な男性主人公が数えきれないくらいいるのに、探偵となると新しい小説のなかにあまりいないのはどうしてだろう、と、ずっと不思議に思っていた。

　そこに登場したのが本書の主人公、ゲーブリエル・プレストだ。元コペンハーゲン市警刑事の私立探偵で、副業としてブルース・ミュージシャンもしている。とても女性にもてる（ここまではハードボイルドの定型通りだ）が、元妻とのあいだにロマンスの名残は感じられず、プレストがなぜこういう女性と結婚（事実上の結婚だが、子供もいる）していたのかは謎で、このへんは生活のリアルを感じさせ、ハードボイルド的ではない。およそありとあらゆることに自分の流儀があり（たとえば環境を慮《おもんぱか》って自動車ではなく自転車に乗っているし、煙草は一日二本までと決めていて、音楽にもお酒にも料理にも一家言あり、自分と関係のある女性を悪く言われることには我慢がならず、ブレザーの下にTシャツを着ることは冒瀆《ぼうとく》だと考えている）、インテリアに妥協ができず、もう十年も自宅の改装をし続けている（「鋳鉄製の平船形で鉤爪《かぎづめ》足がついた十八世紀フランスの年代物《アンティーク》の浴槽」とか、ポルトガルから取り寄せたベッドフレームとか、「アルネ・ヤコブセンのヴィンテージソファ」とか、相当なこだわりようだ）。とてもほんとうとは思えないくらいお洒落でもあって、事細かに描写される服装を想像するだけでも愉しい。

　と、ここまで書いて気づいたが、探偵小説を読むもっとも大きな喜びは、彼（もしくは彼女）の流儀、つまり世界や人生への対処のし方を見られることだ。優れた探偵小説において流儀は物語の味わいと不可分であり、本書でも両者は完全に一体化している。

　プレストが元恋人である女性弁護士の依頼をひきうけたことからすべては始まる。政治家を殺害した犯人として、すでに服役している移民男性の無実を彼女は信じており、事件を再調査してほしいという依頼だった。服役中の男性には、イラクに強制送還された息子が武装組織に処刑されたという過去があり、息子の移民申請を認めてくれなかったデンマーク（の政治家）を恨む理由があった。

　とても現代的な問題を扱った小説であると同時に、過去の持つ意味の問われる小説でもある。デンマークという国の歴史と現状や、民族の誇りと罪悪感が背景にはある。

　具体的に描写されるコペンハーゲンの街なみと、たくさんでてくるレストランやバーがガイドブックみたいで愉しい。インド生まれでアメリカ在住、デンマーク人男性と結婚している（デンマークに住んでいたこともある）という著者の、国際色豊かな経験に裏打ちされた、チャーミングな一冊だった。


（「毎日新聞」2023・10・14）

マーガレット・ミラー　中川美帆子訳
『雪の墓標』（論創社）

　私の読むもののたぶん六割は海外ミステリーで、どんなに読んでも読みきれないほど潤沢に翻訳出版されていた一九九〇年代、二〇〇〇年代と違って最近は出版点数がすくないことが淋しいのだけれど、それでもじっと待っていると、すばらしいものがたまに突然出現し、店頭で出会った瞬間に、天にも昇る心地になってしまう。早く帰って浸《ひた》りたい、没頭したい、という思いで頭も心もいっぱいになる。何年か前に、マーガレット・ミラーの『雪の墓標』を見つけたときもそうだった。

「コンクリートの滑走路に点在する雪と煤《すす》とが、まるで塩や胡椒《こしょう》のように見える」。という冒頭の一文から心を攫《さら》われ、たちまち連れて行かれる。その時代（一九五〇年代）に、その場所（アメリカ、ミシガン州のどこか）に。ミセス・ハミルトンという婦人が夜の空港に到着したところだ。アリスという若い女性（職業コンパニオン）を伴っている。迎えに来るはずのポール（娘婿）の姿はなく、かわりにミーチャムという男性弁護士が現れる。ミセス・ハミルトンがこの地に来たのは大事な娘に殺人の容疑がかかっているからで、ミーチャムは、娘の容疑を晴らすためにポールが雇った弁護士だった。

ミステリーなので、犯人は誰で、なぜ、といった謎がページをめくらせるのだが、マーガレット・ミラーの小説がいつもそうであるように、読みどころは謎（およびその解明）よりも作品世界全体、文章の一行ずつ、登場人物たちの人間性、その複雑さと陰影、あぶりだされる世のなかというもの、漂う詩情とペーソスだ。加えて会話のウィット、人間関係の機微、巧みな比喩（お酒を手放せないのにのませてもらえない老女の目に映った酒場は、「船酔いにかかった船員が見た陸地の光景にも等しいもの」なのだし、その老女がろれつのあやしさを隠そうとして、なんとか言葉をはっきり発音しようとするさまは、「何が掛かったかわからないまま、ぴんと張った釣り糸をそろそろと手繰り出す漁師のよう」だ）――。

読んでいる時間の豊かさが愉しくて、本の外にでたくなくなる。文章の美しさと優雅さが訳文からでもわかるということは、訳者の技量が確かなのだろう。雪だるまが二体いる表紙カヴァーも素敵にチャーミングで、いまどきめったにない幸福な一冊だ。

（「日本経済新聞」2022・6・4）

『山本容子のアーティスト図鑑――100と19のポートレイト』（文藝春秋）

ちょうどいい具合に大きくて、草色の地に濃いピンクの背文字が美しい。ひらいて、と言っているかのようにやわらかな表紙。この鮮やかな朱色の本はとても愉しい。

題名にある通り「図鑑」なので、どの頁から読み始めてもいい。そこにはマルグリット・デュラスがいて、円地文子がいて、グレアム・グリーンがいる。エディット・ピアフがいて、ピアソラがいて、モランディがいて、ロートレックがいる。河上徹太郎がいて、佐藤春夫がいて、志ん生がいる。私は強烈になつかしいと思った。誰にも会ったことがないのに、ああ、この気配、と思った。それは何の、誰の、いつの記憶なのだろう。

蔵書票を模したという一一九枚の肖像画は、一一九人のアーティストたちの姿かたちばかりじゃなく、作品や作風、趣味嗜好、さらにそれ以上の何かまで立ちのぼらせる。やや不気味だったりユーモラスだったり、シュールだったりシニカルだったり、一つずつの風味はちがうけれどどれも見事に美しく、洒脱で、慎み深い。これらの絵が映すのはその人の物語だ。だからパブロ・カザルスの絵からはチェロの音がきこえてくるし、エスコフィエの絵を見ると気に入りのレストランに外食しに行きたくなる。エミリ・ディキンスンの肖像からは詩が立ち現れる。なかでもとりわけ息をのんだのは、トーベ・ヤンソンのポーズおよび表情、澄んだつめたい空気と、コルトレーンの足元に咲いているすみれ。最高。

どの絵にも、短い文章が添えられている。「水彩紙の上の、水をたっぷりと含んだ筆致に感じる信頼」(ヴァレリィ)とか、「身体全体を使って、見えない世界をこちらに引っぱってきた人達」(アレン・ギンズバーグ)とか、「素朴さは、ひとつの力になりえても、持続するうちにこわれてしまう」(武者小路実篤)とか、「ふるえるような指が未来派の絵のように連続して何本もあらわれる」(ジョージ・ガーシュイン)とか。作者が当該アーティスト達との「架空対談の後日談のようなイメージ」で書いたというその文章は、遊び心に満ちている上に真摯《しんし》だ。絵画や音楽や文学のつくり手たちへの、というより絵画や音楽や文学そのものへの、敬意と共感。それがとても率直に親密に書かれているために、一つ一つ読むうちに、そのアーティストについてよりむしろ山本容子という人について、感じとれてしまうしかけになっている。

この本にはさらに、知らない人たちと出会う愉しみもある。たとえば私は、「絵は色を塗っていなくても線を描かなくてもよい」と言った、シュヴィッターズというアーティストの存在を知らなかったし、「夢と妄想の違いを言葉にしてくれた」という詩人、ジュール・ラフォルグも知らなかった。巻末に、全部のアーティストの簡潔な紹介文がついているので便利だが、紹介文によってではなく肖像画によって、気配をたしかに垣間見ることができる。どの絵もどこか、含羞《はにか》んでいるように見える。私的な何かを掬《すく》いとられて、ほんのすこし困っているように。色や匂いや手ざわりや音、言葉、そして時間。小さな絵のなかにいる、その多くがもうこの世にいない人たち。なんて贅沢な本なのだろうと思う。なにしろ、これらは肖像画だけれど、閉じ込められているのは人ではなく、音楽であり、絵画であり、文学なのだ。だから誰もがなつかしく思う。ひそやかであかるい、芸術家たちに励まされる気がする本だ。

（「毎日新聞」2013・3・17）

デニス・ルヘイン　加賀山卓朗訳
『ザ・ドロップ』（ハヤカワ・ポケット・ミステリ）

この小説は、ある冬の夜の、一軒の酒場から始まる。閉店間際で、客は二組しかいない。老人ホームを抜けだして飲みに来ている老女と、十年前に行方不明になった友人を偲んで集まっている男たちで、店には他にバーテンダーのボブと、かつてその店を所有していた、いまは形ばかりの店主であるカズン・マーヴがいる。アメリカの街のどこにでもありそうな、うらぶれた酒場とうらぶれた人々。でもそこはありふれた場末のバーであると同時に裏社会の金を預かる〝ザ・ドロップ（中継所）〟でもあるのだ。

『ミスティック・リバー』にしても『運命の日』にしても、デニス・ルヘインの小説はこれまで大抵厚かった。本も厚ければ物語自体も重厚で、読む喜びがたっぷり内包されていた。ところがこの本は薄い。本屋さんで目にしたとき、最初、ルヘインの本だと気づかなかったほど薄い。それなのに、なのだ。言葉がしたたるように濃く、登場人物たちは陰翳に富み、物語は厚い。ルヘインの小説がいつもそうであるように、香気に満ちている。その香気とは、もとを正せば小説内に充満する人間の臭気だ。臭気が香気を放つのだから、文学というのはおもしろい。

小説の始まりで客に酒を出し、床をブラシでこすっていたボブは、その夜、一匹の犬を拾う。そこから物語が転がりだす。犬がきっかけとなってボブは首に傷跡のある女と出会い、狂気じみた男とも知り合う羽目になる（でも、そういえば、狂気を孕んでいない人間などこの世にいるのだろうかと、ルヘインはこれまでにもたびたび読者に問いかけてきたのではなかっただろうか）。

描かれるのは街だ。「雨がブイヤベースのようにフロントガラスを流れ落ち」るような街だし、教会が一つなくなろうとしている街であり、女性刑事が覆面パトカーのなかでウオッカを飲んでいるような街、ボブの父親の言葉を借りれば「第二の街」。「街は議事堂の建物が動かしてるんじゃない」と、かつて父親はボブに教えた。「地下室が動かしてるんだ。おまえが見てる第一の街？　それは見場《みば》がよくなるように体に着させる服だ。けど、第二の街こそが体なんだ。そこで賭けの金が集められ、女やクスリが売られる。ふつうの労働者が買えるテレビとかカウチとかを売ってるのもそこだ。労働者が第一の街とかかわるのは、食い物にされるときだけさ。だが、第二の街は毎日の生活を取り巻いている」と。そして、そこにはもちろん人間がいる。

ボブは首に傷跡のある女とうまくいくのか（というより、そもそもその女は誰なのか、信用できるのか)、狂気じみた男はどこへ向かっているのか、強盗を働いた兄弟はどうなるのか、十年前に消えた男の身に何が起きたのか、小悪党のカズン・マーヴと刑事のエバンドロ(前者はボブの実のいとこでもあり、後者はボブが教会でいつも顔を合わせる相手でもある)は、どちらが信用できるのか——。

きりつめられた言葉と強靭な描写力で、ルへインが見せつけるのは人々の生だ。作中で、ボブはチェチェン人マフィアのボスの息子に、「おまえの祖父《じい》さんは生きてるか。どちらか?」と訊かれる。両方とももう死んでいるとこたえると、ボスの息子はこう言うのだ。「だが、ふたりともこの地上で生きた。ファックして、戦って、子供を作った。自分が最高、これ以上はないと思ってた。で、死んだ。みんな死ぬからだ」

実にまったくルへインらしい、シンプルなのに奥が深い、艶《あで》やかな本だ。読んで心が丈夫になった。

(「毎日新聞」2015・4・19)

Ⅲ

さらに本を読む日々

文学そのもの

——庄野潤三『貝がらと海の音』

庄野文学には強烈な中毒性がある。

よそにはない、特別な中毒性だ。庄野潤三さんの御本くらい、読んでいるさなかに幸福なものはなく、また、読みおわるのが惜しくて努めてゆっくり読もうとしてしまうものもない。もっと欲しい、と思い、もっともっと、と、ほとんどせつなくなってしまう。

だって、文学そのものだからだ。庄野さんは、徹底して言葉本来の意味で言葉を使う。曖昧なイメージや感傷を、言葉に絶対担わせない。それが快感なのだ。

なんでもないことが、庄野さんの文章によって突然可笑しくなる。私はしょっちゅう笑ってしまう。可笑しい、可笑しい、と、言いながら読む。

頁をめくりながら文章の一つ一つを味わい、可笑しいところにでくわして笑いながら、また味わい、じんわりと幸福になり、読みおわりたくない、と思いながら、でも最後には読みおわってしまい、ああおもしろかった、堪能した、とため息をついて目をとじて、そのとき手の中にある本は、私にとって読む前とはあきらかに違う、たったいま読んだすべての風景、すべての登場人物、すべての出来事、の閉じ込められた、特別な「世界」として存在している。本棚に置いたあとも、だからそれは「世界」であり、庄野さんの文章によって完璧に構築された「世界」を、読者である私は「所有」してしまえる。その喜びが、つまり文学の素晴らしさだ。

文学の素晴らしさ、などという大仰な言葉を使うことは、普段の私には苦手なことなのだけれど、先に書いたように、庄野さんはいつも言葉を言葉本来の意味でのみ使われ、それにならって、私も言葉本来の意味に即して書きたい。

庄野潤三さんの小説を、私は「幸福」だと書いた。でもそれは、幸福な家族が描かれているからではない。一つの全き世界が確立されているから幸福なのだ。物語の幸福、だと思う。

物語というのは、いっさいの干渉をうけつけないものだ。たとえば主人公の夫婦が、お昼ごはんにしばしばサンドイッチと紅茶を摂《と》る。なぜサンドイッチなのか、なぜコーヒーではなく紅茶なのか、と問うのは物語の否定であり、そりゃあ勿論主人公の夫婦がお昼ごはんにしばしばお茶漬けを食べてもいいし、コーヒーとあんぱんを食べてもいいのだが、そうなったらそれはもう別の物語なのだ。この物語において彼らが好むのはサンドイッチと紅茶であって、それはもうどうしたってサンドイッチと紅茶でなくてはならない。物語というのは本来そのように潔癖なものなのだ、ということを、庄野文学は思いださせてくれる。

彼ら（主人公の夫婦）は植物を育て、近所づきあいをし、「なすのや」や「ローソン」に宅急便をだしにいき、毎年お墓参りにいき、そのついでに宝塚を観劇する。「読売ランド前」やら「山の下」やら「足柄山」やらに子供たちがそれぞれ結婚して住んでおり、ひんぱんに往《ゆ》き来がある。ここにはたくさんの食べ物――「かきまぜ」という名前のおすしとか、「藤屋」のかにコロッケやハンバーグ入りのパン（おなじ店のものと思われる、アップルセンターというパンも興味深い）、「立田野」のみつまめ、長女の焼くアップルパイ、妻の焼くフルーツケーキ、近所の人の作ってくれるおからだとか、大家族が一堂に会して食べる「益膳」のうな重とか、もっともっと一杯ある。一杯あってとても書ききれない――がでてくる。さまざまな動物――犬、トカゲ、しじゅうから、きじばと、たぬき、ハムスター、いのしし、など――がでてくる。たくさんの人――いつも薔薇を届けてくれる清水さんとか、お惣菜を届けてくれる古田さんとか、大阪の兄の妻とか、その娘とか、妻にピアノの先生を紹介してくれた有美ちゃんとか、そのお母さんとか、福々しい顔の、ドリトル先生みたいに動植物にくわしい「なすのや」のおやじさんとか、とか、とか、とか――がでてきて、たくさんの歌、たくさんの本、たくさんのやりとりがでてくる。その一つ一つが、このささやかかつ壮大な物語の主要登場人物（人物、はおかしいけれども）であるということの、物語としての美しさ。

天下無敵だと思う。

私は『懐しきオハイオ』という御本で庄野潤三さんの世界に出会い、さかのぼって『夕べの雲』や『プールサイド小景』、『ザボンの花』『ぎぼしの花』『静物』『絵合せ』など手当り次第に読み、『懐しきオハイオ』以降は、本屋にいくとまず新刊をチェックしているので、たぶん一冊も読みもらしていないと思う。本屋で庄野さんの新刊をみつけると、瓦礫の山の中に水晶をみつけたような気がする。

そうして、私がその庄野さんの小説の中でもいちばんいちばん好きなのが、この『貝がらと海の音』を含む一連の最新作なのだ。

いま、それらをならべてある本棚をみるだけで満ちたりた気持ちになる。『誕生日のラムケーキ』、『エイヴォン記』、『インド綿の服』、『鉛筆印のトレーナー』、『さくらんぼジャム』、『庭のつるばら』、『せきれい』、『ピアノの音』、『鳥の水浴び』……。

類稀《たぐいまれ》な、珠玉の小説群、と、またしても言葉本来の意味で、言うよりない。

庄野潤三さん御本人が「あとがき」でたびたび書いておられるように、この一連の小説には、「子供が大きくなり、結婚して、家に夫婦が二人きり残され」た、その「夫婦がどんな日常生活を送っているか」が書かれている。

そこには、巻を追うごとに「老い」の影も濃くあらわれてくる。『貝がらと海の音』には、たとえば主人公が昼寝をしていて、ごはんができました、と妻に呼ばれ、「はい」と返事をしたつもりが「ふあい」と言ってしまって、妻に、「いまの返事は、へんだったか？」と訊くと、妻が「へんだった」とこたえる、そんな場面がある。逆に妻の方が、せっかく作ったアイスティを「うっかりして大方台所の流しにこぼしてしま」い、「こぼれかけたら素早く壜を持ちかえればいいのに、それが出来ないの」と言う場面もある。棚から鍋が落ちてくるときも、「あ、落ちて来ると思ったら、よければいいのに、そのままじっとして、お鍋が頭に当るまで待っているの。よけるという考えが働かないの」と、妻は言い、夫は、「どうしたんだろう？」とこたえる。

「はい」のつもりが「ふあい」になるとか、落ちてくる鍋をよけられないとかはおそらく誰にでもあることだし、私など子供のころからずっとそのタイプ——鍋をよけられないタイプ——だったので、それがすなわち「老い」とは言えないにしろ、この夫婦が互いにそれを口にだして説明するということは、彼らにとってはそれは「異変」であるのだろう。

一方で、孫たちはどんどん大きくなる。老夫婦は、孫たち一人一人の年齢や性質に合った本や服を選んで贈ろうとする。

季節はめぐるし、贔屓《ひいき》のタカラジェンヌが引退したりもして、世の中は動いていく。その中でこの夫婦は、ピオーネの食べ方が違っていても互いにそれを認めて干渉しないことに決めたり、妻がへちまに顔をかくのに、夫は「もとのままのへちまの方がいいような気がするが、この笑っている女の人の顔が入ったのも、これはこれで愛敬《あいきよう》があって悪くない」と黙って考えたりしつつ、また、いきなり二人で畳の上に坐ってボートこぎ遊びをしてみようとしたりもしつつ、丁寧に、個人的に、暮らしてゆくのだ。

私がうっとりするのは、たとえば夫婦のやりとりも「老い」のかすかな認識も、一冊の小説の中で、庭に巣を作ったきじばとや、「なすのや」が間違えて持ってきた三色のすみれとおなじ比重で描かれるということ。そのストイックさが、物語を、あるいは世界を成立させている。ほんとうに精確に書かれるかただなあと思う（いま、正確と書きたくなくて、精確の方がふさわしい気が漠然として、辞書を引いてみたら、正確は「ただしくたしか」の意、精確は「くわしくたしか」の意、とでていた。やっぱり！　と思う。庄野さんの筆は、つねにくわしくたしか）。

『貝がらと海の音』を含む一連の小説は、たしかに日々のささやかなディテイルを積み重ねてつくられている。でもこれは、きわめて壮大な物語だと思う。連綿と続いてほしい。その壮大さに安心して身をまかせられる喜び。

作中に、「楽しい、楽しい、この世は夢のようなものだ」というボートの歌がでてくるが、「楽しい、楽しい、庄野さんの小説もまた、夢のようなものだ」と、私は歌いだしたい。

——『貝がらと海の音』(新潮文庫　解説　2001・7)

すこしの淋しさ

——瀬戸内寂聴『死に支度』

死に支度、というどきりとするタイトルの連載を、瀬戸内寂聴さんがどういう心持ちで始められたのかは想像するのがこわいし、だから想像したくない。けれどここには紛れもなく寂聴さんの声があり、心がある。そのことに、私はまず驚いてしまった。こんなにも自然に、誤解をおそれずに言えばやすやすと、言葉と声、文章と心を同化させられるものなのだろうか、「六十年もペン一本にすがって生き」、「雨戸一枚開けず、お茶ひとつ沸《わか》さず、ひたすら起きている時間のすべてを書くことに費してきた」あかつきには。

ともかく自在なのだ。かざりけのない平易な文章は、水が流れるみたいにするすると読める。でも、水はひとところにとどまってはいない。水には行くべき場所があり、誰もそれに手出ししてはいけない。

この一冊の文章の連なりを、エッセイと呼ぶべきか小説と呼ぶべきかはわからない。でも、呼び方など問題ではないことはわかる。これは、このようにしてしか書かれ得なかった、豊かであかるい、軽やかな本だ。

寂庵を去る一人の女性から始まる。エッセイのようなのだが、ふいに、その女性がやってきたときの様子が、その女性自身の一人称で語られる。いきいきした小説。短いけれど鮮やかで、印象に残る。次にまたエッセイの体裁で、寂庵の〝革命〟があかされる。ながく共にいた人々が去り、若い〝モナ〟が残った。その顛末もまた、モナ自身の一人称で、おそろしくみずみずしく出現する。この、あまりにも若く、かなり頓狂《とんきょう》な、あかるくかわいいモナと著者とのやりとりが、軸としてまずある（後述するが、すばらしい軸だ）。そこにたくさんの回想が発生する。ちょうど、流れる水が泡を産むみたいに。文章はここでも小説とエッセイの垣根を軽々と越えて綴られ、読者は寂庵のいまと寂聴さんのいまから、遠い過去へ近い過去へ連れ去られる。両親について、そのまた両親について、子供のころの記憶、北京での結婚生活、縁のあった人たちの思い出。

それにしてもたくさんの死がでてくる。肉親の死、かつての恋人や配偶者の死、交流のあった作家たちの死、一遍上人《いっぺんしょうにん》や山田恵諦《やまだえたい》お座主《ざす》、関山慧玄《かんざんえげん》といった高僧たちの死――。初めて死体を見たときの、「真新しい盥《たらい》の中に、藤右衛門《とうえもん》爺《じい》ちゃんがすっ裸で坐らされている。白衣を着た男の人が二人、裸の爺ちゃんの体を盥の中の水で丁寧に洗っている。白い毛の中にもぐもぐしているオチンチンまで丁寧に洗うのが何だかおかしい。お爺ちゃんは目を閉じたままされるにまかせている。誰に聞いたわけでもないのに、この人はもう死んでいるのだと私にはわかっていた」という場面や、土葬のために「丸い棺桶に正座」した姿勢で蓋《ふた》を閉められた伯母を見て、「たくあんを漬けるようだなと感じた」というエピソード、「いきとうない」と言いながら逝った老舗《しにせ》の呉服屋の女主人の話など、死をめぐる描写はどれも鮮烈だ。

本書の冒頭で九十一歳の著者は、作中で、早く死にたいと口癖のように言い、「正直に言えば、私はもうつくづく生き飽きたと思っている。我が儘を通し、傍若無人に好き勝手に生きぬいてきた。ちっぽけな躰の中によどんでいた欲望は、大方私なりの満足度で発散してきた」と書く。死装束が、二足の足袋《たび》(「お棺の中でよみがえったら、足袋をはきかえて帰って」こられるように)と共に用意されていることもあかす。

無論、人は誰でも一日ごとに死に近づくわけではあるが、九十一年間「生きぬいてきた」ひとのその一日の重さと切実さはいかばかりだろうと思う。が、ご本人は若い娘たちと、まつ毛エクステとか合コンとかパンツとかを話題にしてふざけあっている。その穏やかな日常の尊さ。で、モナである。おっとりした、素直でやさしい、でも現代っ子そのものの彼女の言動、著者との丁々発止のやりとりには、微笑、苦笑を誘われ続ける。尽きないのだ。生命力そのもの。モナは文学少女ではない。だからこそ、良くも悪くも文学漬けだった著者の人生に、新鮮な風を吹かせられたのだろう。ここに描かれているモナの存在感と魅力は、寂聴さんがこれまでに書かれてきたたくさんの小説の、聡明だったり多情だったり破天荒だったり、悪女と呼ばれたり聖女と呼ばれたりするどの女主人公にもひけをとらない。というより、非凡で強烈なそれらの女主人公たちとはまったく違う在り方で、生や意志をめぐる壮絶さを内包したこの本に、光をさしこませている。たぶん、輝くばかりのその若さによって。

モナのお陰で、著者は笑ってばかりいる。〝なう語〟を使いこなせるようになり、マニキュアのことをネイルと呼ぶようにもなる。二人の手紙のやりとりは、べつな惑星に住むもの同士の交信を見るようで、胸に迫るものがある。

一方で、二人が生きてきた時間には圧倒的な差があり、持っている未来の時間にも、また圧倒的な差がある。本文中で寂聴さんの言う、「若い者には巻かれろ」という言葉がいい。そこにはおもしろがりの柔軟な姿勢と、大人の余裕、それにすこしの淋しさがある。

これは、なんだかやたらに美しい本で、読んでいてたのしく、でも同時に厳粛な気持ちにもなるという不思議な本だ。ラスト一行の見事さとかわいらしさには虚をつかれる。


——『死に支度』(講談社文庫　解説　2018・1)

詩は放たれる
――谷川俊太郎『トロムソコラージュ』

これが谷川俊太郎さんの何冊目の詩集になるのか、私は知らない。なにしろ谷川俊太郎さんだから、とてもたくさんの詩集がすでにあり、これからもあり続け、さらに増えていくだろう。けれどすべての優れた書物がそうであるように、この『トロムソコラージュ』も、おなじ作者の他の著作からさえすんなりと独立し、一冊だけで、まどろむように充足している。

ここには六つの長い詩と、一つのそんなに長くない詩が収められている。「詩人の墓」と「『詩人の墓』へのエピタフ」を除くと、それらの詩に直接的なつながりはなく、それぞれが独立した物語のように読める。

一つずつ眺めてみる。

漂うように、ほどけるように、思考と風景が言葉になって立ち現れる表題作の「トロムソコラージュ」（とどめおけないものをとどめおく詩人の力、その必然性、そしてその身軽さ）、「いきなり男が部屋に入ってきた」で始まる短編映画（どう考えてもモノクロ）みたいな「問う男」（まさに問答、言葉の応酬。きみは見るだけか、考えるだけか、知るだけか、嗅ぐだけか、読むだけか、と執拗に責められているのは誰で、責めているのは誰なのか）、絵のなかに入っていく、というシンプルな行為の複雑さを、優雅に、軽々と、絵画的かつ言語的にからめとった「絵七日」（読みながら、紙の上を時間が流れる。人が動くし風が吹くのに、そこは圧倒的に静かだ。色だけがあざやかで、記憶と混同しそうになるのだが、それは勿論詩人の罠だ）、あの世に渡りかける男の旅を、ある種すこんと晴ればれと、けれど妙にリアルにたどった「臨死船」（死の間際に裸体が思いだされるバイオリニストの恋人と、「おとうさん　おとうさん」とかたわらで泣き、「もうカラダは無いはずなのに」「抱きたくなって」くる女房の、たとえばどちらがファンタジーだろう）、詩人と娘の愛と生活の話であり、まっすぐな、さっぱりした書きつけ方が残酷な、「詩人の墓」（すぐうしろに、美しくて哀切なエピタフが用意されている）、老人と若い女と、たぶんそう若くも年をとってもいない男が登場し、海外ロケとかハーブティとか、ドラマとかワンテークとか、およそ詩的ではない単語がふんだんに盛り込まれ、人に何が造れるか、あるいは人が何を造らずにいられるか、が挑発するみたいに（やや意地悪に）綴られた、「この織物」（このなかで、コトバ、とたびたび片仮名表記される言葉たち）。

ざっと追ってもとても多様な、自在で自由な詩集だ。

作者のあとがきにもあるように、これらの詩はかなり物語的だし、「筋立てのようなものがある」。でも、じゃあ、物語と詩のちがいは何なのだろうと私は考えてしまう。谷川さんの書かれる詩は、いかに物語的でもやっぱり見事なまでに詩だし、それも、練りあげられたバターみたいになめらかで、つやとコクのある――つまり極めて純度の高い――詩だからで、この本を読みながら、私は一つだけ回答例を思いついた（あくまでも例です）。

詩は放たれる。

物語は拾いあつめられる。

すくなくともこの本のなかで、七編の詩は野放図なまでに放たれている。そして、一編ずつ独立しているわけだけれど、全体から滲みだすものというのもまた、不思議とある。ノルウェーの都市の一角にも、絵のなかにも、あの世行きの船のなかにもあるもの。見知らぬ男との会話にも、詩人と娘の愛の生活にも、言葉がコトバと発音される場所にも顔をだしてしまうもの。

たとえばここには「哲学」があり、「哲学」の拒否がある。「ビール」があり「ワイン」がある。「からだ」があるし、「からだ」からの解放がある。「問い」があるし「答」があり、同時に「問い」と「答」の否定がある。「道を行く金髪の娘のココロと乳房は／大小の感嘆符ではちきれそう」なのに、「人は名前ではない／職業でもない　地位でもない／性格ですらない／人は他との不安定な関係に過ぎない」のだ。

往きつ戻りつするそれらは、運動に似ている。生命の、そして思考の。そうやって、どこまで行くのだろう。

一つめの詩のなかで、「私は立ち止まらないよ」とくり返し言う「私」は、「あっちのほうへ行ってみたい／その感情は理由など寄せつけない強さ」「不意に自分が固体ではなくなって液体か／いやむしろ気体のように思えてきた」と言う三つめの詩のなかの「彼」とは別人かもしれないし、「文様は繰り返す／繰り返すがいいのだ／どこまでもいつまでも」と七つめの詩のなかで語る老人とも別人かもしれない。「君は見るだけか?」と二つめの詩のなかで執拗に問われる「私」とも別人かもしれないし、「何か言って詩じゃないことを/なんでもいいから私に言って!」「あなたって人はからっぽなのよ/なにもかもあなたを通りすぎて行くだけ」と五つめの詩のなかで詰《なじ》られる「男」とも別人かもしれない。別人かもしれないが、別人ではないかもしれないと、放たれた言葉たちのなかで、どうしたって思ってしまう。

私は立ち止まらないよ

一冊全部をゆっくりゆっくり読んだあと、冒頭に置かれた詩のその一行が、新しく、たのもしく、瑞々しくしみこんでくる。

——『トロムソコラージュ』(新潮文庫 解説 2011・12)

蜂の巣

――佐野洋子『そうはいかない』

自由だなあ。

最初にこの本を読んだとき、そう思ったことを憶えている。融通無碍《ゆうずうむげ》。佐野さんの筆は、刃の光る裁断バサミで布を切るときのような緊張感と何気なさで、じょりじょりと物語を切りとる。型紙なんかない。絶妙の呼吸で（というか、たぶん一瞬息を止めて）、誰にも真似のできない手つきで、佐野さんはそれをする。切りとられた布（＝物語）は、まるではじめからそういう形に切りとられたがっていたかのように、実体を獲得し、のびのびと、ほとんど奔放なまでの生気を放つ。

一編ずつが、びっくりするほど色鮮やかだ。可笑しくて笑ってしまうのに、同時に胸に迫るものがある。犬のでてくる「ねぎ」も、猫のでてくる「タマが死んだ」も、夫婦のでてくる「どこへ行こう」も、母親のでてくる「ロマンチック街道」や「母さんの脚」や「クチビル」や「きんつば」も。

人ってすごいなあと思う。人ってかなしいなあとも思う。けれど読者を悲観させない生命力が、この人の文章にはあって、それは達観という偉そうなものではなく、諦念というのでもまた全然ない、もっとフェアな、もっと弾力のある、もっと率直で大きくて真実な、佐野洋子そのものにちがいない。文章に生命力、それはあるだろう、佐野洋子が宿ってるんだから。

ここに収められた物語エッセイは、ともかくどれもどれもいいのだが、私はとくに、息子のでてくるものが好きだ。「おはよう」とか、「泣かない」とか。この二編は美しい。もうほんとうに、骨まで透き通ってしまいそうに美しい。なにしろ「おはよう」にでてくる母親は、息子が大学の入学試験に四つ落ちたからといって泣くのだ。落ちたからというより、落ちた結果三流大学に行くことに決ったから。「あんな大学を卒業して、一郎にどんな未来があるというのだ。私は一郎が哀れで、庭の雑草を抜きながら泣」く。高校中退した「アキラちゃん」を息子にもつ「エイ子さん」よりは自分の方が「幸せといえるのかもしれない」と思いはするが、すぐに、「一郎とアキラちゃんを一緒になんかできるもんですか。あの子は不良だもの」と思い直して、「一郎は東大にだって入れるはずだった。三流大学なんて、三流大学なんて、あの子は東大に入れるつもりだったのに」と、またぞろ泣きだすのだ。

それの何が美しいのか、もし本文を読む前にこの解説を読んでいるひとがいたら、首を傾《かし》げるかもしれない。この母親の思考は常軌を逸している。一般的に言ってほめられた方向にではないし、ブランド志向っぽいし。こう書きながら、実は私も驚いている。なんでこれが、あんなに美しいものになっているんだ？

澄んだ青空のような美しさなのだ。一点の曇りもない。誰も登ったことのない高い山の頂上の、誰も吸ったことのない空気みたいに晴朗なのだ。何の雑味もなく。こんな芸当、佐野さん以外の誰にもできない。

一方、「泣かない」は、おなじ息子モノでも全く趣きがちがう。短いのに、幾つもの風景が見える。いまがあり、遠い過去があり、近い過去がある。時の流れ、子供であるということ、大人であるということ、物事の一回性、そして、べつな見方をした場合の、反復。趣きは違っても、やっぱりとても美しい。仄あかるく、仄暗く、うすさびしく、うすあまい。金米糖《こんぺいとう》みたいな美しさ、あるいは、雪の朝の障子《しょうじ》みたいな美しさだ。

そして、また、この本には女たちがひしめいている。強烈きわまりない「マチコさん」をはじめ、華麗に花を踏みつぶす「まりえさん」、「身長が一メートル七十三センチもあるのがすごい」うえに、「ヘアは大胆にパンチパーマの五分刈り」なのに、「育ちがよすぎ」て「おっとりしすぎている」「カオル」さん、「船、堂々と」にでてくる昔のクラスメイトたち——。

読んでいるだけでめまいがしそうな百花繚乱《ひやつかりようらん》というか、おしろいむんむんというか。

女たちは見栄っぱりで、恋愛に目がなく、愚かで、けなげで、ときに強引で、独善的で、味わい深い。男とかお金とか年頃の子供とか老いた親とか、それぞれに頭の痛い問題を抱えているし、泣いたり騒いだりするのだが、なぜか悲壮感は漂わせず、あーあーあーあー、と、周囲および読者を呆れさせてくれる。

彼女たちの独特さ、活力、はた迷惑ぶり、気難しさ、いじましさ。読みながら、しょうがないなあと思ったり、こういうひと、いる、と思ったりするのだが、同時にひどく身につまされもする。自分や自分の母親や、友人の誰彼を思いだす。でもそれは、似ているとか似ていないとかではなく、もっと本質的なもの、たぶん、女、というもの。世の中の半分は（オドロキだけど）こういう風に動いているのだ、と納得し、しみじみする。そこへもってきて、「トクちゃーん」である。

「トクちゃーん」は、「ラーメン」という一編の、ラストに二度くり返される言葉だ。今回私はこの言葉にすっかりやられてしまった。打ちのめされる。ぐっとくる。たぶん当分頭から離れない。

英語に、ヴァルネラブル（vulnerable）という単語がある。辞書を引くと、①（a）攻撃されやすい（b）すきだらけで　②傷つきやすい、感じやすい、弱み［弱点］のある、となっていて、日本語で考えると一見似ているようだが、フラジャイル（もろい、はかない、壊れやすい）やウィーク（弱い）とは全然ちがう言葉だ。だってvulnerable。語尾のableが示すように、これは能力なのだ。攻撃される能力、傷つく能力。なんだか、積極的。

ここにでてくる女たちはみんなヴァルネラブルだし、その向うに透けて見える佐野洋子も、きわめてヴァルネラブルだ。融通無碍なのに。前者が能力である以上、でもその二つは矛盾しない。

それにしても、物語エッセイおそるべし。これがもし普通のエッセイだったら、どの登場人物も、ここまでの強度は持ち得ない。佐野洋子のハサミで裁断され、物語のなかに解き放たれたからこそ実体と自由を獲得し、一人ずつがその都度、鉄砲玉のように新しく、こちらにとびだしてくるのだ。読者は、蜂の巣である。

——『そうはいかない』（小学館文庫　解説　2014・5）

食べ応えのある詩集

——長田弘『食卓一期一会』

ひっそりと静かな詩集であると同時ににぎやかな本だ。たとえば色——。トマトの赤、いちごジャムの赤、赤唐辛子の赤、西瓜《すいか》の赤、紅茶の赤、梅干しをつくるときの「澄んだ梅酢」の赤。冷ヤッコの白、白魚の白、卵の白、ごはんの白、餅の白、大根の白。イワシの銀、ピーマンの緑、目玉焼きの黄色、ハッシュド・ブラウン・ポテトの焦げバター色。

たとえば音——。包丁で切る音、鍋で煮る音、フライパンで焼く音、ときどき音楽。油で揚げる音、グラスに注ぐ音、窯《かま》の戸が閉まる音、ボウルに割り入れた卵をまぜる音、ふいに銃声。テーブルの上に胡椒入れを置く音、洗いものの音、ページをめくる音、サンタクロースのため息。

たとえば匂い——。炒《い》りゴマの匂い、大蒜《にんにく》の匂い、シナモンドーナツの匂い、スコーンの焼きあがる匂い。トルコ・コーヒーの匂い、はちみつの匂い、ピーナッツを甘く煮込む匂い。「孤独な生きもののように／冷たくて暗いところが」好きなぬかみその匂い、「さまざまな味がぶつかって混ざって一緒になって／鍋と火が共和国の歌《ラ・マルセイエーズ》をうたいだすまで」煮込んだブイヤベースの匂い、朝の台所の匂い、夕暮れの街角の匂い、森の匂い、硝煙の匂い。

どの頁にも詰まっている、生命にみちたにぎやかさ。そして思う、なんて豊かな言葉、言葉、言葉だろう。

いいレストランのメニューにも似て、いつまでも読んでいたくなる。レストランのメニューを読むことは、喜びであり、哀しみである。かつて生きていたものたちの命の羅列、一度食事をするたびに一つ死に近づく私たち自身の生――。

たべ応えのある詩集だ。私たちはこの本を、目と頭を使ってたべるとも言えるし、食欲と胃を使って読むとも言える。どちらの場合も五感全部がフル稼動する。

ここにでてくる天丼ほどおいしそうな天丼を私は見たことがないし、ジョニー・アップルシードのアップルバターには想像を掻立《かきた》てられた。「徒手空拳の物書きのプディング」はぜひつくってみねばなるまいと思ったし、たとえ絶望のさなかにあっても（というより、絶望のさなかならなおさら）、ピーマンのスパゲティは身体が必要とするに違いない、とほとんど確信した。そして、こんなふうにキャラメルクリームをつくるという発想に至っては、完璧すぎて試すのがこわい。仮にものすごく上手くできたとしても、この詩を読んだときの驚きと幸福感、詩のなかに流れる時間の全き完璧さにはかなわないと思うからで、でも誘惑に抗えず、いつか試してしまうと思う（個人的には、ぜひ雨の日にやってみたい）。

すべての食材に来歴があり、すべての料理は物語を持っている。さらに、物語は料理人にもたべる人間にもあるのだ。それらをひもとく詩人の言葉は平易で怜悧《れいり》、豊かでウィットに富んでいる。

この詩人が用意する食卓は、いつのまにかメキシコになり、ギリシャになり、アイルランドになる。森になり街角になり戦場になる。アメリカの朝になり、フランスの夜になる。「おもいきって寒い」冬、「空気がするどく澄ん」だ日本の田舎で母親は、「鉄は熱いうち、餅は搗《つ》きたて。」と教えるのだし、腕の太いイタリアの女は、「パンのみにあらずだなんて／うそよ。／パンをおいしく食べることが文化だわ。／まずパンね、それからわたしはかんがえる。」と教える。

詩人の言葉は融通無碍に時空を超えて、私たちをほうぼうへ連れて行くのだが、でも、つねにひとところにあるとも言える、つまり人々の日々の営みのなかに。

贅沢《ぜいたく》な本だ。頁の隙間からエドワード・リアが顔をだし、ミケランジェロがささやく。ハックルベリー・フィンが語り、セルバンテスが微笑み、ハンク・ウィリアムズが歌う。

たべ応えがあるのにこの詩集が胃にもたれないのは、埋め込まれた思索によってひき起こされる、精神的な運動量が大きいせいかもしれない。読みながら私たちは、「やわらかな歯ブラシで、／辛抱づよく、視野の／葉肉を削《そ》ぎおとす」ことについて考え、「何かとしかいえないもの」がどこにあるのか考え、「とても単純なことが、単純にはできない。」のはなぜなのかを考える。「無垢の情熱をほろぼすことにかけて、／食卓が娼婦たちと張りあってきたうつくしい街。」をさまよい、十八世紀の哲学者と出会ったり、「恋人を、戦争に殺された」娘と出会ったりする。「いいえ」とこたえられる「水車場の少女」を目撃して、その賢さに目を瞠《みは》る。

そんなふうにして一つずつの詩を読み、読み返し、読み終えて、最後に私は自問せざるを得なかった。私の心臓は、おいしいシャシリックになるくらい新鮮だろうか、と。

——『食卓一期一会』（ハルキ文庫　解説　2017・11）

偶然性よりもむしろ必然性によって
――小川洋子『アンジェリーナ』

牡蠣《かき》のような小説たちだ。

不思議なかたちの硬い殻のなかに、信じられないくらいやわらかくてみずみずしい、乳白色の実を隠している。殻からだされたつめたい牡蠣は、つるりとのどをすべりおちていく。

牡蠣の殻はごつごつしていて端がするどく、うかつに手をだせない佇いで強固に閉じている。私など、たまに産地の友人にもらっても、むきあぐねて往生してしまうほどだ。海水や砂に守られてきた波形の層はしずかで美しく、無論ひどくあつかいにくい。

牡蠣の身は滋味豊富。あっさりしているようで濃厚なので、注意して食べなければならない。十編すべて、現実のひずみを内側に抱いている。生活とか日常とよばれるものの、歪む瞬間。だからときどきすこしこわいし、不安定だったり奇妙だったり、心細かったりグロテスクだったり、途方もなく美しかったりする。

現実のひずみ。

どういうわけか、小川さんがそれを書くと、そこに祈りが生じるように思う。祈りといってもそれは決して具体的なものではなく、強いていえば、かたちのきれいな、宇宙的なバランスのようなもの。その祈りをいまふうに癒しとよんでもいいのだろうし、いっそもっと単純に、文学とよんでもかまわないはずだ。

おもしろいのは、小川さんの文章にそれが「生じて」しまうこと。祈りは込められたわけではなく、ただそこにあるのだ。

いずれにしても、物語は一つ一つ、小川さんの手で丁寧に丁寧に救われていく。十粒の牡蠣のようなその小さな物語たちは、どれも小川さん特有の抑制された文体で、しずかに正確に語られる。

小川洋子というひとは、何一つ突出させない。私は、読むたびにそのことにショックをうける。色も、匂いも、風景も、意図的に一つも突出させないのだ。

たとえば主人公の着ているもの、話す口調、食べるもの。ディテイルをどこか突出させて印象づける、という小説の方法を、このひとは絶対にとらない。おどろくべき強固さ——ちょうど牡蠣の殻のような——で拒否し続けているようにみえる。

どこも突出させない。かぎりなく完璧な球体に近く、しかも、針でつついた穴一つぶんだけ余白をのこして、微妙に完璧を避けていたりする。

〝架空〟を突き詰めていくと、ある瞬間ふと、〝真実〟に近づくことができるの。

というのは、『彼女はデリケート』の「彼女」のセリフだが、小川さんの小説には、それとおなじひたむきさがあると思う。このひとの、決して奇をてらわない言葉の選び方には、小説家として、とてもなまめかしいものを感じる。

ところで、『彼女はデリケート』には、「レンタルファミリー」という不思議な商売がでてくる。一種の人材派遣で、そこに登録されている「彼女」たちは、「一緒にゴルフコースを回れる娘や、碁の相手ができる孫や、料理の上手なお母さんや、……とにかくどんな役柄だってこなせ」るように、「それ相当の訓練」を受けた上で、「家族を求めている人たち」の元へ派遣されていく。

そういう商売がほんとうにあるのかどうか知らないが、ああ、それはあるのだろうなあと思った。少くとも、文中で「彼女」の語る言葉の一つ一つは、そういう自然さで私のなかにしみとおってしまった。そうして、それは『誰かが君のドアを叩いている』の主人公のかかった、身体の記憶をなくす、という奇病についてもおなじことだ。そういう病気があるのかどうか知らないが、文中で「わたし」の語る物語は水のような自然さと正しさで読み手に浸透する。小川さんの小説はいつもそう。そこにはあるのだ。

タイトルからもわかるように、ここに収められた小説は全部佐野元春さんの音楽とつながっている。「毎月一曲を選び、それを繰り返し聴いているうちに、どんどん物語が湧き上がって」きたと、小川さんのあとがきに書いてある。

音楽からインスパイアされるというのはよくわかる。音楽に限らず、人間関係を含めて外側からの刺激を一切うけずに小説を書くことなど不可能だろうし、それはその偶然性よりもむしろ必然性によって、作り手と受けとり手——音楽にせよ小説にせよ——のあいだに幸福に存在する何かだ。意志でコントロールしたりできないもの。記憶、風景、あるいはもっと肉体的なもの。

私自身音楽をききながら書くことがあるし、以前一度だけお会いしたことのある筒井ともみさんも、「書いているときはとにかくエネルギーが要るから、エネルギー、エネルギー、って貪るように音楽をきく」とおっしゃっていた。

ただ、それをこんなふうに表にだして、イメージの源泉まで明示するようなやり方で、一冊の本を書いてしまうというのは勇気のいることだ。あらゆる意味で勇気がいる。冒険だ。私は、正直なところ、それを小川洋子というひとがさらりとやってしまったことにおどろいた。小川洋子さんと冒険って、ちょっと相容れないイメージがあるでしょう?

ひたむきな作家だなあと思う。「創造物」というものに、圧倒的な信頼をおいているのだ。だからこそ、こんなに美しい小説集ができる。

信頼

小川さんの、その強さには憧れる。

勿論、そういうことは書き手の事情であって、読者には関係がない。読者としての私たちがするべきことは、創造物の必然の組みあわせなどどこふく風で、結果として生まれる、とろりと輝く冬の牡蠣のような小説に、ただ舌つづみをうつことだけだ。

——『アンジェリーナ』(角川文庫　解説　1997・1)

健全ということ
——川上弘美『水声』

一般的に言って、という言葉について考えている。というのも、私ははじめ、この原稿を、「一般的に言って、変った家族ではある」という一文か、「一般的に言って、不穏な物語ではある」という一文で始めようと思ったからだ（なにしろ「パパ」と「ママ」は「きょうだい」なのだし、その娘である「わたし」と弟の陵は肉体をも含めて愛し合っているのみならず、小説内の現在は二人暮しで、中年になっても手をつないで眠ったりする）。でも、一般的に言って、という言葉につまずいてしまった。

一般的とは何か、一般的な人々とは誰か、そもそも私（に限らず誰か個人）に、一般を代弁するようなことが可能なのか。

それで、一般的に言って、という言葉を使わずに書くことにした。すると、この原稿の出だしはこうなる。

仲のいい家族である。とてもすこやか。一人一人がべつべつの個体として存在し、互いに互いを尊重している。

小説は、幾つもの過去と現在をたえず行き来しながら進む。「セブンアップをやたらに飲んだ1969年の夏」、母親が死んだ1986年、現在である2013年（から14年にかけて）、「わたし」と弟が二人暮しを始める1996年。他にもたくさんの時間が、時系列のつなぎ目をはずされて、次々に出現する。だから「わたし」と弟は子供だったり大人だったりし、小学生だったり大学生だったり、中年になっていたりする。そして、そこにはまた、昭和という時代も出現する。通りすぎた時間、いまここにはない時間としての昭和の、なんと濃密な手ざわり。

子供のころの描写はみずみずしい。夏休み、アスファルトの上にたつかげろう、区民プール、道路がでこぼこなせいで、いつもお尻が痛くなる自転車の荷台、フォークソング集会とか、デパート（デパートをそう呼ぶ人が昭和の東京には確かにいた）とか。昼寝のあとに、頰につく座布団や畳のあと、「ママが初夏に煮てたくさん瓶づめにしておいたあんずジャムを使った、複雑な味のアイスキャンディー」。

昭和にしかなかった場所や、昭和の事件も出現する。新宿や吉祥寺のコンパやジャズ喫茶、三百円のハンバーグ定食、三無主義、「ソ連のあの事故」、御巣鷹山に墜落した飛行機、天皇の崩御、さらに「昔の話」として語られる、空襲やお手伝いの「ねえやたち」。

これはある家族の話であり、姉と弟の物語であり、母と娘の物語でもある。一見ばらばらに見える時間や記憶や人々を、つないでいるのは「ママ」という人の存在（あるいは不在）で、「男のひとたちに好かれる」「男たちをふりまわすのが好き」「美人じゃないけど、惹きつけられる」

と自分の子供たちに語られる彼女は、でも決して恋多き女とか、誰かの情熱的な妻もしくは愛人というふうには描かれていない。万事どこか投げやりで、男性に対してはむしろ淡白であるように見える。母性もあまり強そうには見えないのだが、非常に（そしてへんに）魅力的な人ではあって、死んでなお「わたし」の夢に現れ続け、「ママの死は、わたしの記憶の道標となっている」。死にゆくママと、姉弟の秘密（？）がかわるがわる描かれる1986年の章はまるで音楽のようだ。生命の、あるいは生物の音楽。そういえば、この小説は「短く、太く、鳴く鳥」で始まり、「一羽だけなんだけれど、ちっともさみしくなさそう」な水鳥で終る。

人の内側は見えない。どんなに親しくても、たとえ家族でも、心も記憶も思考も、もしあるのだとすると（作中で、「ママ」はないと思うと言っているが）たましいというものも、見えない。鳥や虫やオタマジャクシの内面が見えないのとおなじことだ。この小説にでてくる人たちは、みんなそれをごくあたりまえに受け容れている。生物としての、その健全さ。けれど生物として健全な人たちは、ときに人間社会で生きにくいのかもしれない。

生物といえば、恋愛もしくは性愛についての、登場人物たちの感慨にもおもしろいものがある。「七帆子の叫び声は、美しかった」「三年のあいだ一緒にいて、男のなかみを知っていると思っていた。けれど男はただの男のかたちをした袋のようなもので、その袋のなかみなど、知りようもなかったのだ」「結婚を、したくなったの。体が、子供をうみたがってるような気がしちゃって。だからあんなにあの人を好きになったのかもしれない」「奈穂子も、ママも、おばあちゃまも、わたしの知っている女たちはみな、このように男とくちびるをかさねたことがあったのかと、愕然とした。自分が、なべての女たちのしてきたことをただなぞっているだけのような気がした」ならべてみると、おお、女、と思う。

引用にでてきた七帆子というのは陵のかつての恋人で、奈穂子というのは「ママ」の幼なじみの娘なのだが、「わたし」がこの奈穂子と旅行に行く場面がある。回想として語られるそれは彼女たちが共に大学生の夏のことなのだが、温泉で、「わたしは奈穂子の胸をさわらせてもら」う。男が女の胸にさわるとき、どんな気持ちになるのか知りたいという理由からで、奈穂子は「ほほえみ、湯の中でゆれている乳房をつきだして」、「ほら、どうぞ」と言う。「わたし」はさわって、「きもち、いい？」と訊く。

また、この本のなかには、小学生の女の子たちが（ここでは「わたし」もまた小学生だ）、話の流れから、ごく自然な不自然さでキスをする場面もある。たあいのない、でもあやういことども。家の外、つまり世界はそういう場所だ。あやうさに満ちた場所。子供のころは、とくにそうだったように思う。世界の輪郭があまりにも曖昧で、だから世界が融通無碍だったころ。家のなかならば安全だと思っていた。

家族、という単位は、だから特別なものだった。「白っぽい野」について陵の言う、「たとえば荒野のように、雨風そのほかこっちにつきささってくる攻撃的なものから無防備な場所じゃなくて、なんだかぼんやりした抽象的な感じの場所」というのが、たぶん家族（あるいは家）に、とても近い。「ママ」が、「パパ」である自分の兄について、「もっとも、あたしたちはただ一緒に暮らしていただけ。それ以上のことは、何もなかった」と言う場面があって、それ以上のことというのは性愛をさしているのだが、でも私は思わずにいられない、人生において、ただ一緒に暮す以上に大きなことがあるだろうか、性愛があろうがなかろうが、と。

川上弘美さんの小説がいつもそうであるように、ここには大きな、ゆるやかな肯定がある。家族とか社会とかよりずっと広大な世界のなかで、個として在ることへの肯定。

終章で、すこしずつ壊れていく家が切ないのだが、それもまた、もちろん健全なことなのだろう。

——『水声』(文春文庫　解説　2017・7)

肌で読む
——朝吹真理子『TIMELESS』

朝吹真理子さんの小説は肌で読む。もちろん活字を目で追って読むわけだけれども、そうやって捕えた言葉が見えない霧のようになって、肌から入ってくるのをいつも感じる。霧化した小説を浴び、温度や湿度を伴ったそれをまるごと自分の身体にとりこむというのは官能的な、スリリングで愉悦に満ちたことだ。どうしてなのかはわからない。が、朝吹さんの小説にはそういう力（もしくは性質）があると思う。触れたら手が切れるとか透きとおるとかしそうな、肌で感受できるくらいセンシュアルな文章が連なっている。

TIMELESSというタイトルのこの小説は二部構成で、「1」は高校生の少女たちの、とても印象的な会話の場面から始まる。放課後の教室の気配、聞こえてくる音や室内の仄暗さ、窓で隔てられているであろう外気の具合や空模様——。少女たちにはそれぞれ意思があり感情があり、無論名前も個性もあるのだが、ここでの彼女たちはみんな等しく少女という生きものである。そういうふうに描かれる。少女たちだけではない。うみ（はその場面の少女たちの一人だけれど）とアミとアオという主要登場人物たちも、数奇な運命をたどる近所のマンションの管理人さんの父娘《おやこ》も、しょうがない人としてかなり辛辣に描写されるうみの父親も、ここでは豊かな個であると同時に生きものであり、すべての生きものはつねに進化（もしくは退化）の流れのなかにいる。そういうふうに世界を見る著者の眼球の曇りのなさと硬質さが、小説をひろびろとさせ、比類なく繊細なものにしている。

現実世界がそうであるように、この小説世界にも街があり建物があり、人がいて家族がいる。季節が巡り、人は繁殖したりしなかったりし、いずれにしてもやがて死ぬ。そして、現実世界がそうであるように、この小説世界でも過去はつねにそここに（しかも現在よりはるかに大きな質量で）ある。個人にとっての過去も、歴史と呼ばれるそれも、種としての細胞レヴェルの記憶も、土地に刻まれたそれも。この作家の特異な凄みは、それをはしから可視化してしまうところだ。たとえば死んだゆりちゃんの「水分、たんぱく、脂肪、ミネラル。ゆりちゃんを構成していた六十兆個の細胞」は、「八〇〇度の炉の中で燃え」、「酸素、炭素、水素、窒素、それらが排気口からはきだされて、大気に流れ」、「やがてそれらが雨滴になって落ちてきたりする」のだし、古い家のなかでは底知れぬ闇がときどきぽっかり口をあけ、階段に終りがなくなる。現代の六本木に四百年前の麻布が原が重なり（そこでは江姫《ごうひめ》が荼毘《だび》に付され、大量の香木が焚かれて、どこまでも煙がたなびいた）、もういない永井荷風についての伝聞が、「無花果《いちじく》」と「シロアリ」と「殲滅《せんめつ》」を通過して父親についての記憶を呼び醒ます。時空が曖昧になり（というよりそもそも曖昧なのであり、流れていくのは時ではなく我々なのだが）、冬がいきなり夏になったり、いつか失くしたボタンが降ってきたりする。

次々くりだされるイメージの集積が暴きだすもの――普段気づかずにいるけれど、すぐそばにあるはずのもの――を見る喜びには説明のつかないなつかしさが含まれている。

朝吹さんの小説のなかでは、時空以外のものもよく曖昧になる。すぐに思いだすのは『きことわ』の貴子《きこ》と永遠子《とわこ》が昔いっしょに本を読んだときのことを、貴子が回想する有名（私のなかで）な場面だ。二人は「背中合わせで寝そべり、めいめい別の本を、声にだして読みあった」。だから「たがいの筋がこんがらがってしまった」とそこには書かれていて、さらりと書かれているけれどこれはかなり暴力的に甘美で、鮮烈におもしろいことだ。だって、こんがらがるのは互いの頭のなかなのだ。プライヴェート空間への（幸福な）侵入もはなはだしい。

さまざまな境界線が、『TIMELESS』でも曖昧になる。父性と母性（うみとアミにしても、うみの両親にしても）、生者と死者（作中で何度も回想されるゆりちゃんは、誰かの記憶のなかに特定の居場所を持っている限りこの世に存在し続けているわけだし、分解された成分となって漂い、地球上で循環するという意味でも存在している。さらにたとえば「ネイルとまつエクのサロンを経営している」という女の人に至っては、生者なのか死者なのかわかりようもない）――。

サロン経営の女の人が登場する「2」では近未来が描かれる。うみとアミの息子であるアオが十七歳になった二〇三五年、それは南海トラフ地震後の未来であり、人が癌で死ななくなったかわりに風邪で死ぬ未来、細菌がやたらと活性化しているらしい未来だ。そこではさまざまな境界線がますます曖昧になっているように見え、それは解放というより飽和後の決壊に似ている。ほとんど自然現象であり、必然に思える。

恋愛をとばして結婚／生殖しようと考える二人の人間の理性から動き始める物語だから、この小説に、人はどのくらい自由意思で生き方を選択できているのかという問いを発見することはもちろん可能（というか不可避）だろう。繁殖しなければ生物はほろびるという事実や、結婚して子をなすのがスタンダードだという暗黙の了解、結婚は恋愛に基づくのが望ましい（はずだ）という通念、それらに縛られずに生きられるのかというその問いは、家族とは何か、個人とは何か、生物とは何かという、より根元的な問いにつながっていく。

けれどこの小説のすばらしいところは、問いの大きさよりむしろ返答の小ささなのだ。たとえば蚕が桑の葉をはむ音、三味線にされたりされなかったりしながら生きてきた猫たち、目に見えないほど微細な物質になる人体、あり得ないと知っていてもソメイヨシノからときどき道明寺《どうみょうじ》の匂いがすること、通りすぎてしまった時間のすべて、友人たちが惜しげもなく発散していた生気、降りやまない雨、自分では知り得ない記憶――。実際、世のなかはこういうものでできている／いたのではなかったか。

うっとりと読み終えて、そんなことを考えた。

――『TIMELESS』（新潮文庫　解説　2024・3）

あとがき

ほんとうに、読んでばっかいます（『読んでばっか』というこのタイトルは、佐野洋子さんの名著『嘘ばっか』にあやかりました）。

あちこちに書いたまま放ったらかしだった文章を、保存／発掘／編集してくださった刈谷政則さんと、ちょっとどきどきするような、新鮮で透明感のある美しい装画を描いてくださった山本容子さんに感謝します。

本を読むのはその本のなかにでかけて行くことですから、ここに集められた文章は、私にとって旅の記録でもあります。あちこちにでかけたなあ。

最近でかけてすばらしかったのは、何といってもすこし昔の山陰地方です。そこで私は古い雛人形たちが木のうろに吸い込まれたり、死んだはずの女の子が元気に畑に遊びに来たり、八百歳（！）の女性が三味線をひいたりするのを目撃しました（長谷川摂子『人形の旅立ち』福音館書店）。その後すぐにイギリスに飛び、殺人事件の謎を追いつつ、クレアという名の読書好きな英語教師の、「生ハムは嚙み切れないし、パスタは塩辛すぎるが、わたしは気にしない。レストランで魅力的な男性とトルストイについて話すのはとてもすてきだ」という感慨に深くうなずきましたし（エリー・グリフィス『見知らぬ人』上條ひろみ訳、創元推理文庫）、ちょうど今朝からでかけているのはアメリカで、まだ百十六頁なのでこれからどうなっていくのかわかりませんが、ここではハーディという名の二十三歳の男性（仕事は「遊園地の恐怖体験ゾーンのおどかし役」）が、家庭で虐待されているらしい幼い姉弟を何とかして救おうと奮闘中で、私はそれをそばで息をつめてじっと見ています（ルー・バーニー『7月のダークライド』加賀山卓朗訳、ハーパーBOOKS）。そんなふうにして、旅は続きます（永遠に続いて、〆切や家事の待つ現実に帰らずにすめばいいのに）。

旅人同士がどこかでばったり会っていっしょにビールでものんで、「ところであそこにはもう行った？」とか、「すばらしかったからぜひ行ってみて」とか、話すくらいには情報量のある一冊になっているといいなと願っています。

二〇二四年四月

江國香織

江國香織（えくに・かおり）

1964年東京生まれ。1992年『きらきらひかる』で紫式部文学賞、2002年『泳ぐのに、安全でも適切でもありません』で山本周五郎賞、04年『号泣する準備はできていた』で直木賞、07年『がらくた』で島清恋愛文学賞、10年『真昼なのに昏い部屋』で中央公論文学賞、12年「犬とハモニカ」で川端康成文学賞、15年『ヤモリ、カエル、シジミチョウ』で谷崎潤一郎賞など数々の文学賞を受賞。他の小説作品に『つめたいよるに』『神様のボート』『東京タワー』『抱擁、あるいはライスには塩を』『彼女たちの場合は』『去年の雪』『ひとりでカラカサさしてゆく』『シェニール織とか黄肉のメロンとか』『川のある街』など多数。『絵本を抱えて部屋のすみへ』『いくつもの週末』『雨はコーラをのめない』『旅ドロップ』などのエッセイ集や詩集・童話・翻訳など多彩なジャンルで活躍。

装画――山本容子
装丁――十河岳男
＊
編集――刈谷政則

読《よ》んでばっか

二〇二四年六月一〇日　初版第一刷発行
二〇二四年六月二〇日　初版第二刷発行

著者――江國香織
発行者―喜入冬子
発行所―株式会社筑摩書房
東京都台東区蔵前二-五-三
郵便番号　一一一-八七五五
電話番号　〇三-五六八七-二六〇一（代表）
印刷――株式会社精興社
製本――牧製本印刷株式会社

ISBN978-4-480-81579-8　C0095